U0505940

文

景

———————

Horizon

形同陌路的时刻

[奥地利] 彼得·汉德克 著

韩瑞祥 主编

付天海 刘学慧 译

上海人民出版社

编者前言

　　彼得·汉德克（Peter Handke，1942—　）被奉为奥地利当代最优秀的作家，也是当今德语乃至世界文坛始终关注的焦点之一。汉德克的一生可以说是天马行空独来独往，像许多著名作家一样，他以独具风格的创作在文坛上引起了持久的争论，更确立了令人仰慕的地位。从1966年成名开始，汉德克为德语文学创造出了一个又一个奇迹，因此获得过多项文学大奖，如"霍普特曼奖"（1967年）、"毕希纳奖"（1973年）、"海涅奖"（2007年）、"托马斯·曼奖"（2008年）、"卡夫卡奖"（2009年）、"拉扎尔国王金质十字勋章"（塞尔维亚文学勋章，2009年）等。他的作品已经被译介到世界许多国家，为当代德语文学赢来了举世瞩目的声望。

　　汉德克出生在奥地利克恩滕州格里芬一个铁路职员家庭。他孩童时代随父母在柏林（1944—1948）的经历，青年时期在克恩滕乡间的生活都渗透进他具有自传色彩的作品里。1961年，汉德克入格拉茨大学读法律，开始参加"城市公园论坛"的文学活动，成为"格拉茨文学社"的一员。他的第一部小说《大黄蜂》（1966）的问世促使他弃学专事文学创作。1966年，汉德克发表了使他一举成名的剧本《骂观众》，在德语文坛引起空前的轰动，从此也使"格拉茨文学社"名声大振。《骂观众》是汉德克对传统戏剧的公开挑战，也典型地体现了20世纪60年代前期"格拉茨文学社"在文学创造上的共同追求。

　　就在《骂观众》发表之前不久，汉德克已经在"四七社"文学年会上展露锋芒，他以初生牛犊不怕虎的精神严厉地批评了当代文学墨守于传统描写的软弱无能。在他纲领性的杂文（《文学是浪漫的》，1966；《我是一个住在象牙塔里的人》，1967）中，汉德克旗帜鲜明地阐述了自己的艺术观点：文学对他来说，是不断明白自我的手段；他期待文学作品要表现还没有被意识到的现实，破除一成不变的价值模式，认为追求现实主义的描写文学对此则无能为力。与此同时，他坚持文学艺术的独立性，反对文学作品直接服务于政治目的。这个时期的主要作品有剧作《自我控诉》（1966）、《预言》（1966）、《卡斯帕》（1968），诗集《内部世界之外部世界之内部世界》（1969）等。

进入70年代后，汉德克在"格拉茨文学社"中的创作率先从语言游戏及语言批判转向寻求自我的"新主体性"文学。标志着这个阶段的小说《守门员面对罚点球时的焦虑》（1970）、《无欲的悲歌》（1972）、《短信长别》（1972）、《真实感受的时刻》（1975）、《左撇子女人》（1976）分别从不同的角度，试图在表现真实的人生经历中寻找自我，借以摆脱现实生存的困惑。《无欲的悲歌》开辟了70年代"格拉茨文学社"从抽象的语言尝试到自传性文学倾向的先河。这部小说是德语文坛70年代新主体性文学的巅峰之作，产生了十分广泛的影响。

1979年，汉德克在巴黎居住了几年之后回到奥地利，在萨尔茨堡过起了离群索居的生活。他这个时期创作的四部曲《缓慢的归乡》（《缓慢的归乡》，1979；《圣山启示录》，1980；《孩子的故事》，1981；《关于乡村》，1981）虽然在叙述风格上发生了很大的变化，但生存空间的缺失和寻找自我依然是其表现的主题；主体与世界的冲突构成了叙述的核心，因为对汉德克来说，现实世界不过是一个虚伪的名称，丑恶、僵化、陌生。他厌倦这个世界，试图通过艺术的手段实现自我构想的完美世界。

从80年代开始，汉德克似乎日益陷入封闭的自我世界里，面对社会生存现实的困惑，他寻求在艺术世界里感受永恒与和谐，在文化寻根中哀悼传统价值的缺失。他先后写了《铅笔的故事》(1982)、《痛苦的中国人》(1983)、《去往第九王国》(1986)、《一个作家的下午》(1987)、《试论疲倦》(1989)、《试论成功的日子》(1990)等。但汉德克不是一个陶醉在象牙塔里的作家，他的创作是当代文学困惑的自然表现：世界的无所适从，价值体系的崩溃和叙述危机使文学表现陷入困境。汉德克封闭式的内省实际上也是对现实生存的深切反思。

进入90年代后，汉德克定居在巴黎附近的乡村里。从这个时期起，苏联的解体，东欧的动荡，南斯拉夫战争也把这位作家及其文学创作推到了风口浪尖之上。从《梦幻者告别第九王国》(1991)开始，汉德克的作品(《形同陌路的时刻》，1992;《我在无人湾的岁月》，1994;《筹划生命的永恒》，1997;《图像消失》，2002;《迷路者的踪迹》，2007等)中到处都潜藏着战争的现实，人性的灾难。1996年，汉德克发表了游记《多瑙河、萨瓦河、摩拉瓦河和德里纳河冬日之行或给予塞尔维亚的正义》批评媒体语言和信息政治，因此成为众矢之的。汉德克对此不屑一顾，一意孤行。1999年，在北约空袭的日子里，他两次穿越塞尔维亚和科索沃旅行。同年，他的南斯拉夫题材戏剧《独木舟之行或者关于战争电影的戏剧》在维也纳皇家剧院首演。为了抗议德国军队轰炸这两个国家和地区，汉德克退回了1973年颁发给他的毕希纳奖。2006年3月18日，汉德克参加了前南联盟总统米洛舍维奇的葬礼，媒体群起而攻之，他的剧作演出因此在欧洲一些国家被取消，杜塞尔多夫市政府拒绝支付授予他的海涅奖奖金。然而，作为一个有良知的作家，汉德克无视这一切，依然我行我素，坚定地把自己的文学创作看成是对人性的呼唤，对战争的控诉，对以恶惩恶以牙还牙的非人道毁灭方式的反思："我在观察。我在理解。我在感受。我在回忆。我在质问。"他因此而成为"这个所谓的世界"的另类。

世纪文景将陆续推出九卷本《汉德克文集》，意在让我国读者来共同了解和认识这位独具风格和人格魅力的奥地利作家。《形同陌路的时刻》卷收录了汉德克从上世纪70到90年代创作的三部戏剧《不理性的人终将消亡》（1973）、《形同陌路的时刻》（1992）和《筹划生命的永恒》（1997）。如果说他60年代被称为"反戏剧"而闻名于世的"说话剧"着力表现的对象是戏剧和语言本身的话，那么从70年代以来，无论汉德克怎样追求戏剧形式的变化和创新，他的戏剧创作则与小说并驾齐驱，越来越贴近与生存现实的关联，在传统与现代的张力中游刃有余，为日臻成熟的汉德克风格作出了不可低估的贡献。

70年代是汉德克小说创作的盛期，虽说这个时期的剧作不多，但同样受到许多名导、名角和广大观众的青睐。此间发表的《不理性的人终将消亡》当属其中的代表作。1972年元月末，汉德克刚一写完《无欲的悲歌》，就把这部剧作的构思当成对自己心灵"安抚的过程"、"这是我寻求幸福的最终尝试"。在这出剧中，汉德克似乎远离了锋芒毕露的《骂观众》所开创的实验风格，回归到传统的戏剧表现模式。然而，与传统相比，这里的人物都是角色扮演者，相互之间的对话不过是心照不宣的独白，各种习以为常的形式只是用来烘托氛围的手段，情节或多或少地带有游戏色彩。剧中的主人公奎特是个功成名就的企业家，他觉得现存的经济秩序已经不再合乎时宜，因为资本家们无限制地相互争来斗去。他要打破这无序的竞争，要求企业家团结起来共同行动。他如愿以偿地与竞争者组成了产品与价格卡特尔。可奎特最终却违反了这个约定，使得其他卡特尔成员一个个走向破产。剧本结尾，奎特多次将脑袋撞向石壁，直到倒在地上不省人事。从表面上看，汉德克似乎把批判的艺术目光直指追求利润最大化的现存经济秩序。可实际上，这出剧描绘的是一幅被资本和财富扭曲了心灵的众生相。所谓追求自我实现的奎特就是要一手导演出一幕"生意世界的悲剧"来，因为他觉得自己陷入了不可自拔的异化状态里，不仅失去了"另一种生存"的可能，而且连对这种生存可能的梦想都不复存在了。对他来说，在这个由"概念机器"主宰的时代里，失去自我的生存"像每天的日程表一样"。奎特意识到现实生存就像是"无限空旷的屋子里到处都充斥着垃圾"，最后脑袋撞向石壁正是他对生存"绝望"的表现。因此，他抱着"大脑，它凝固了，进水了或者汽化了？"的无望要告别这样的人生。像在同时期发表的小说一样，汉德克在这里同样表现的是人被社会与环境扭曲的生存状况。正如作者所说的，剧中的人物"在游戏人生，仿佛他们是些悲剧形象似的。然而，他们却永远留在戏讽的阴影里"。

在经历了小说创作的辉煌之后，到了90年代，汉德克又推出了几部各有千秋且影响广泛的剧作。首屈一指的是《形同陌路的时刻》。从形式上看，它似乎是作者60年代末所开创的实验戏剧的延续。汉德克在这里又一反所有的传统规则，让读者和观众领受到一出没有言语别出心裁的剧，一出只有"叙事者"在叙事的剧。在这出毫无情节可言的剧里，不是活动的人物，而是事件发生的地点构成了表现的中心。这个一切都围绕着它行动的中心既具有现实特征，同时也可能会是任意一个地方，而读者和观众则会自然而然地感受到，发生在这里的一切是一个地地道道让人观看的"表演"：十多个在这个中心上活动的人物在表演着那习以为常和与众不同的东西。这个中心犹如一个世界舞台，各种人物轮番登台亮相，男女老少，各行各业，形形色色。他们在这个中心相互碰面，相互妨碍，共同组成群体，然后又使之解体；他们从始到终都没有任何言语上的交流，只有各自不得不接受的角色表演，像一个个"孤独的心灵"，在"来来往往，往往来来"的擦肩而过的茫然中挣扎着。在这个世界舞台上，每个人都活动在各自典型的行为中，表现出各自不同的特点。他们一部分显得非常滑稽可笑，像是在表演布袋木偶戏；一部分则好像要紧密地结合成一个群体。在作者充满寓意和讽喻的笔下，这个包罗万象、千奇百怪、最终变得昏暗的世界舞台或许就是汉德克所感受的现实世界的微缩，为读者和观众留下了无尽的联想和思考："别吐露你所看见的东西；就让它留在图像里吧。"这句箴言就是汉德克向读者和观众发出的呼唤。

《筹划生命的永恒》是这个时期另一部具有代表性的作品。汉德克称之为"国王剧"。这出剧是在南斯拉夫内战的影响下写就的。这是一个渗透着反思战争的现代童话，一部"不可名状的作品"。故事发生在"从上一次战争到现在，再到将来"的时代里，地点是一片四面楚歌、持续遭受战争威胁的飞地。这里的阳光时代一去不返，一切成为强权的掌心玩物，战争的牺牲品。儿子们在战争中阵亡，女儿们怀上了侵略军士兵的孩子，绝望的外祖父期盼着孕育在两姐妹腹中的外孙成为国王，以阻止这片本来宁静的飞地的灭亡。于是降生在飞地的巴勃罗和菲利普承载起建立新王国的希望。这出所谓的国王剧就是围绕着这两个性格对立的人物展开的。巴勃罗成为国王，像所有的英雄一样走向世界，而菲利普则成为拙劣的书写者，留在家里，拒绝寻求那遥远的东西。一个女性漫游叙述者出现了，飞地人民那个不幸的编年史作者"白痴"拱手让位于这个美貌的女子，因为她要将"仙女童话"转化成"国王剧"。伴随着巴勃罗从广阔的世界归来，这片飞地上出现了新的生机，一个新的王国就要应运而生。然而，迫于"空间排挤帮"棍棒挥舞的不断挑战，那个对历史和法律的梦想变成了筹划永恒的梦想。巴勃罗一门心思要进入那个充满伟大而炙热的思想的永恒空间里。相反，他的表弟菲利普则意识到自己持续的失败，是一个不抱怨命运的失败者。然而，在这先知错误地预言和历史书写者没有历史的岁月里，始终在场的是那个压根儿就脱离现实的女叙述者，她在激励人，在指引道路，在呼唤参与。在这里，幻想与现实彻底没有了界限。就这样，巴勃罗继续表演着他的思想，表演着他那永恒的空间。最终，这个以为采用新的"公正的"法规就可以自上而下整治一切的正义思想家不过是一个麻木不仁的幻想者；"人民"拖着一个里面装着王冠的塑料袋走过国王剧；空间排挤帮已经随时准备着；那个女叙述者还要接着叙述。

《筹划生命的永恒》是一部人物关系复杂、结构多层交织和结局呈开放性的剧作。汉德克在这里彻底打破了现实与虚构的界限，着意表现的是"童话般真实的东西"。剧中神话般的人物及其错综复杂的隐喻层面给读者留下了太多的谜。像他的许多戏剧一样，这正是汉德克向读者和观众提出的挑战：在巴比伦式的混乱中去感受艺术断片之间的必然联系；在层层迷宫中去寻觅作品表现的内在；在纷繁多变的张力中获取认知的统一。

我们选编出版汉德克的作品，意在能够不断地给读者带来另一番阅读的感受和愉悦，并从中有所受益。但由于水平有限，选编和翻译疏漏难免，敬请批评指正。

韩瑞祥

2015 年 7 月

目 录

不理性的人终将消亡

两幕话剧

刘学慧　译

"我忽然想到，我在玩一些不曾有过的东西，这就是区别。这也是绝望。"

剧中人物

赫尔曼·奎特

汉斯——奎特的心腹

弗朗茨·基尔布——小股东

奎特的朋友和企业主：

    哈尔德·冯·武尔瑙

    贝尔托德·科尔伯－肯特

    卡尔－海因茨·卢茨

    保拉·塔克斯

奎特的妻子

第一幕

一个大房间里。午后的阳光照进来。舞台背景是由类似于电影银幕的幕布搭成的。透过幕布能够隐隐约约地看到一个大城市的轮廓。

奎特穿着运动服,用拳头、双脚和膝盖痛击沙袋。他的心腹汉斯穿着燕尾服,手捧托盘和一瓶矿泉水站在旁边看着他。奎特拿起矿泉水瓶喝了几口水,往头上也浇了点,然后坐在凳子上。

奎特 今天我很伤心。

汉斯 嗯?怎么了?

奎特 当我看见我那穿着睡袍的太太和她那涂着指甲油的脚趾时,突然觉得自己很孤单。这种孤单是如此真切实在,以至于我现在都能够不假思索地诉说一番。可是孤单让我变得轻松,它把我揉碎,我融其中。这种孤单是客观存在，是世界的特性，但不是我的特性。所有的事情都以和谐的方式离我远去。上厕所的时候，我听到自己大便的声音就像是旁边隔间某个陌生人的。当我坐电车来办公室上班的时候……

汉斯 为了不和人们失去联系，为了生产出新的产品而研究他们的需求？

奎特 我早上上班坐的电车拐了一个很大的弯，看到这道弯弯的曲线，我的内心也充满了深深的惆怅。

汉斯 奎特先生有些多愁善感。

奎特先生，您必须保持冷静。您的身份是不允许这样多愁善感的。作为企业家，即便是真的心情很糟糕，也只能是说说而已，但是千万别影响自己的情绪。对于企业家而言，谈论自己的心情如何简直就是奢侈，而且毫无用处。只有那些根据自己的心情而生活的人才有闲心来谈论心情。奎特先生，与其浪费时间悲天悯人，还不如花点工夫考虑我们眼下的工作吧。要不然……

奎特 要不然就会怎么了？

汉斯 要不然您就会变成艺术家。您资助过小提琴音乐会，还曾为了帮助国家买一幅画，屈尊上街募集过善款。如果您真的是一位艺术家，那么您这个月所经历

的如此丰富的精神生活不仅大有裨益，而且是非常必
要的。如果您真的是一位艺术家，那就请您在画布
上画一道优美的曲线，就像早上电车所拐过的弯道那
样，用以表达您的无限惆怅，然后把这幅蕴含您自己
心路历程的画作卖掉吧！

奎特　（站起身）汉斯，你对自己每天的工作倒是驾轻就
熟啊。拜托，请你理解我的心情！

汉斯　奎特先生刚才不也是忘了自己的身份吗？这只是个
游戏，开个玩笑而已。

奎特　我们都不想变成吹毛求疵的人。不过，我得承认，
早上在电车里有一位女士坐在我后面，大口大口地吃
着炸薯条，薯条散发出变质油的哈喇味道，一下子把
我从沉思中拽回到现实里，当时我真想举起手往她脸
上甩一巴掌。紧接着，我下了电车之后，在街上和一
个外籍工人撞了个满怀，他当时刚从便利店里取照片
出来，完全沉浸在新洗的照片当中，一边看一边笑着
回忆那些美好的瞬间。看到他如此投入，我也马上受
到感染，陷入了回忆。我忽然觉得，自己和他是惺惺
相惜。你别笑，有时候的确是这样，人的意识也会发
生质的飞跃。

汉斯　然而现实又会马上让人清醒过来。我之所以笑了，

是因为以前经常听您说，您是多么喜欢回忆自己的漫游时代，比如您在巴黎时，好几天都只能靠炸薯条充饥。

奎特　我总是在和朋友们聊天时讲起过去的事情。不过，有时候和朋友们聊天，我也会诗意大发，提到"儿时那早春时节榛子树下的野玫瑰花"。

汉斯　难道这些艺术性的东西会让您的商务谈判变得更容易吗？

奎特　是的，它可以作为隐喻，来指代那些无法明说的事情。榛子树下的野玫瑰花可以代表完全不同的东西。具体含义只有当时参与谈话的人才能明白。那些像诗句一样的话语，对我们而言是历史的一种形式，也是一种交流方式。难以想象，没有诗歌，我们将如何做生意？对了，今天都有谁要来？

汉斯　卡尔-海因茨·卢茨、哈尔德·冯·武尔瑙、贝尔托德·科尔伯-肯特，还有保拉·塔克斯。这些企业家都是您的朋友。

奎特　我得去换衣服。如果我老婆来了，你就告诉她要好好接待这些客人。我敢肯定，她听了这话以后就会去逛街，省得她总是在屋里把窗帘拉来拉去。我跟你说，我真的很伤心。这几乎是一种很美好的感觉……

［奎特下。

汉斯　一不小心，奎特先生就会谈起他自己！他的伤心真让人嫉妒。他一感伤起来，就会滔滔不绝地说个没完，仿佛是刚刚拍了电影而兴奋不已。总之，和伤心的奎特在一起，时间过得要快些。因为他心情好的时候，总是另外一副面孔，让人难以接近，他会搓着手，然后一下子跳起来，就像侏儒在跳舞。（汉斯坐到凳子上）而我呢？今天早晨，我的心情又如何呢？往往是从睁眼醒来的一瞬间开始，可以叙述的事情最多，比如说：首先，太阳升起来了，阳光照进了我张开的嘴里，我什么都没有梦到。光是张嘴做出"做梦"这个词的嘴形，我就已经觉得很费劲了。"做——梦……"在刷牙的时候，牙龈会出血。我也希望能这样，但什么也没发生。（停顿）我闭上了嘴。我是谁，我从哪儿来，我要去哪儿？我？……是的！我！我！……嗯，还是我。为什么不是其他人呢？（边想边摇头）我得找个人好好聊聊。（站起身）

［小股东基尔布出现在背景中。

汉斯　我想不起来任何跟我个人有关的事情了。最后一次

8

说到"我",是因为必须要学习基督教教义问答手册，手册里面的"我"是臣属于"尊敬的大人"的"渺小的我"。我曾经有一个自己的想法，但是马上就又忘了。直到现在我都在尝试着去想起它，但是从来都没想起来。不过我没有什么奢求，我至少还能做一些动作手势。（汉斯攥起拳，而另一只手马上把它重新按下。注意到了基尔布）您是谁？您从哪儿来？您……

基尔布 我叫弗朗茨·基尔布。

　　[汉斯笑起来。

基尔布 您不喜欢这个名字？

汉斯 不是这样的。我刚才正在自言自语，完全没有意识到。我们这儿只针对人，不针对名字。您是干什么的？

基尔布 小股东。

汉斯 难道是那个小股东？

基尔布 是的，小股东弗朗茨·基尔布——监事会恐惧的对象、股东大会上的小丑、长在经济界人士肚脐上的虱子，百分之百令人讨厌——正是在下，我这个人今天又要没规矩了。

　　[汉斯握紧拳头走上前，在基尔布面前比画着。另一只手也伸了出来。

基尔布 您下不了手。

汉斯 （退回去，手垂下来）要是真打下去会很棒。可是我的理智控制住了我的本意。尽管如此，您要识抬举，滚蛋。

[基尔布坐到凳子上。

汉斯 您现在就尽管说说您以前的经历吧！

基尔布 （神秘地）我在国内每家大的股份制集团都拥有股份。我在不同的股东大会之间赶场，晚上就在睡袋里过夜。我的交通工具就是自行车。您看，这就是我骑自行车时用来夹住裤脚的夹子。我可是个钻石王老五，我的膝跳反应十分灵敏。（敲了敲自己的膝盖，脚弹起来踢到了汉斯）这是我的便携式旅行刀。在第三帝国时期，我获得了可以持续游泳十五分钟的资格证明，我可以用牙齿把您从水里捞出来。有些人尊敬我，但是我从不在选举号召书上表决签字。有一次我出席了一个叫"我从事什么职业"的活动，我封自己为自由职业者，没人能猜对我的职业。在股东大会上，我背着双肩包坐在那里，一直举着手要求发言。如果董事会忽略了任何一个股东的发言请求，决议就不会生效……这儿多安静啊！您听，我说话是多么心平气和。我的上一个情妇说我是个恶魔（快速拿出几张剪报）媒体认为我很古怪。我的动作比您想的要快。（给了汉斯一脚，汉斯跪倒在地）我靠股份分红生活，是个完完全全的自由人。我的格言是："支持我的人不会从我这儿得到什么；但是反对我的人，我一定要给他点颜色看看。"我警告你小心点儿。

[奎特再次上场。基尔布立马起身鞠躬，退到后面。

奎特 这个让人反胃的基尔布。（对汉斯）不要再拍你的燕尾服了。我刚才换衣服的时候，看了下镜子，突然觉得很可笑，我竟然长着头发！这些没有知觉、没有用途的头发丝儿！我坐在床上，把头埋在手里。我后来想，如果我维持那个姿势再久一点，我所有的想法就都会停止的。另外，我沉浸在悲伤当中，看到我早上掀开的被子，我真的被自己感动了。我会向你证明，我的这些感情是有用的。

汉斯 请您小心点儿。如果您再这么讲的话，那么就真的会突然觉得自己很悲伤了。老实说，我还从来没听说过哪个企业家疯掉了。倒是有很多经济不独立的人是这样。但您根本就不能和这个世界唱反调。就算您发出与众不同的声音，那也是为了从中营利！

奎特 汉斯，不要总是高谈阔论。

汉斯 我就是想说出来。

基尔布 问问他父母的事！他爸爸曾经是演员。他妈妈做些卖不出去的玩具娃娃。他们两人一起去环球旅行，再也没回来。据说他们俩都掉进了火山里。他是他们唯一的孩子。

奎特 （对着汉斯）我没有病。说些轻松点儿的话题吧！

　　〔停顿。

基尔布 比如不死的心灵？

　　〔停顿。

奎特 我没有病，因为我，赫尔曼·奎特，可以随心所欲。而且我也希望这样。汉斯，我有一种伤心的感觉。

　　〔停顿。

　　　　有时，我去某些地方，会觉得自己走错了门，马上就会有人问我是谁。或者我站在空空的办公室里，突然觉得地板倾斜，桌上的笔在滚动，所有的纸都往下滑。甚至当我到这儿的时候，常常有种闯进陌生房间的感觉。我看到一个熟悉的东西时，常常会想，会不会又是什么假象？有时候看到老熟人打招呼，我竟然像不认识一样。这不仅仅是曾经的梦境。但是我想说点其他的事情。

　　〔停顿。

［基尔布抬起胳膊。

奎特 （突然将头朝沙包撞去）还能怎么样？我还能做
　　　　什么？前不久，我开车经过郊区的一条街道，以前我
　　　　每天都从那儿路过。在那条街上，我又看到了昔日的
　　　　广告柱子。我以前常常围着广告柱子转，上面所有的
　　　　广告我都仔细看过。现在，那根柱子基本空了，只有
　　　　一张奶粉广告的海报还在上边，这种奶粉现在已经没
　　　　有了。（抬起双臂）我的车缓缓经过那条街道，令我
　　　　想起了过去所看过的巧克力广告、牙膏广告和选举海
　　　　报。在回忆过去的时候，我对那些已经成为历史的东
　　　　西产生了很强烈的感觉。

基尔布和汉斯 （同时）然后您就和司机称兄道弟？

　　［停顿。

　　［喇叭声响起。

奎特 卢茨来了。他晚上回家的时候，经常这样按喇叭。
　　　　按喇叭是他给老婆的信号，让她提前打开家里那个日
　　　　本产的微波炉热饭菜。去帮他脱掉大衣。

　　［汉斯下。

基尔布 （向前）刚才讲到您父母的过去，您觉得怎么样？

奎特 还不够清楚。我有一次梦见自己掉头发。有人跟我

讲，做这种梦是因为我担心自己会阳痿。可这个梦也许只是说明我害怕脱发。

基尔布 但是您为什么会害怕脱发呢？这又表明了什么？另外，我前段时间看见过您。您坐在河边的凳子上，望着大自然出神。

奎特 为什么会出神呢？

基尔布 您甚至连凳子上的鸽子屎都没擦就直接坐下了。除此之外，照我的经验讲，喜欢观察自然是现实感降低的首要征兆。而且您还跟小孩一样很少眨眼。

奎特 噢，请您接着说。听别人说自己的事很有意思。

基尔布 我之后就去吃午饭了，酸菜炖肘子。吃完饭，我又去了河边。

奎特 基尔布，我很早就佩服您了。我很欣赏您的肆无忌惮。还记得，您上次把我当个玩偶一样带到股东大会上，然后就自顾自地冲上台去大放厥词。后来，别人抓住您的手和脚，好不容易才把您抬出了会场。我也很嫉妒您。在您身边，我觉得自己被箍在了身体里，我感受到，我是多么受限制。因为正好就我们两个人，所以我可以跟您讲这些。

　[基尔布拉着奎特的双耳让他靠近自己，叭的一声亲了他一下。

[奎特给了他一脚。

基尔布　这样您就能回到以前的状态了。

　　[基尔布退后。

　　汉斯带着卢茨、冯·武尔瑙和科尔伯－肯特进来。科尔伯－肯特是一家天主教堂下属公司的神甫企业家，他穿着便装，并没有穿神甫袍，只是套了一个白色的假领。

卢茨　（对各位同事）就像之前说过的那样，我们不着急抢在前面。我们先观察一段日子，让他们再得意几天。然后海外分厂的情况就能允许我们进行反攻，把他们拉下马来。他当然会试图赌一把，但是我们早就看穿了他的诡计。我们让他再嚣张几天，之后他就是我们的瓮中之鳖了。

　　[他们神态各异地笑着。

冯·武尔瑙　（对着奎特）那辆靠在栅栏边上的自行车真有意思！在东德的时候，我爸爸送过我一辆类似的车，他同时还送了我第一条灯笼裤。现在的东西没有这么实在了。人们不是简单地卖自行车，而是把它包装成机器，加上速度仪和喇叭。机器当然比一辆简单的自行车更容易磨损，机器当然也会老化，但是自行车就不会。你是骑那辆自行车去上班的吗？

奎特 〔指了指基尔布。

冯·武尔瑙 我说呢，它怎么那么脏！

卢茨 我抬着他的胳膊，谁来抬他的腿？

奎特 如果我们绊个跟跄的话，邪恶就会一块一块地从基尔布的嘴里进出来，这样他就从头到脚重新做人。但是没有了邪恶的老基尔布，我们该怎么办呢？

科尔伯－肯特 他没有影响到我。他给我解闷了，还让我想起我内心阴暗的东西。而且他也不是故意的，他身不由己。自从我有一次和他单独谈了之后，我就相信他了。

卢茨 和别人单独谈话时很容易相信一个人。我会相信任何一个跟我单独谈话的人。但是从谈话中我什么也得不到。因此我尽量不和别人单独相处。这样会歪曲事实。

冯·武尔瑙 基尔布这个人毫无自尊心，他让我想起我们家以前养的一匹老马。这匹马每次从马厩里来到石子路上的时候都会撒尿，发出稀里哗啦的声音。撒完尿以后，它就一路摇晃着尾巴，到处招摇。你们看看这个家伙的罗圈腿。再看看他的中分头，根本就没有分在正中间。还有那破旧的裤子褡裢，尖尖的皮鞋，这是什么生活方式！

科尔伯－肯特　冯·武尔瑙，您别浪费时间了。您说这些话对他这种人根本就不起作用。无论您如何刻薄地贬损他，都会使他变得更加寡廉鲜耻。大家坐下，我们开始吧！我今天还有其他的事情，在教堂还得准备一场布道。

卢茨　您布道的时候要说些什么呢?

科尔伯－肯特　是不是说每个人都终将走向死亡。在座的都一样。

冯·武尔瑙　（看着基尔布）这样的布道应该适合他这个家伙。但是现在——我们谈正事儿吧，他也能听吗?

卢茨　我们谈论的话题并不需要任何人回避，对不对?

　　[停顿。

　　[所有的企业家都笑了。基尔布拱起舌头在嘴里打转。汉斯下。企业家们坐在一起。

冯·武尔瑙　基尔布，找个舒服的姿势站好了! 大家都是人嘛!

　　[企业家们大笑。

　　[奎特的妻子上。她看了所有人一眼，然后默默地横穿过房间，从另一头走出去了。

冯·武尔瑙 （对着科尔伯－肯特）作为一名神甫企业家，您也雇用女员工吗？

科尔伯－肯特 为什么这么问？

冯·武尔瑙 我刚才想到，您还没有结婚，也根本不可能拥有幸福的婚姻。

科尔伯－肯特 是的，我们不允许结婚。

冯·武尔瑙 我是说其他的事。

奎特 我不明白你在暗示什么。

冯·武尔瑙 你怎么知道我是在暗示？

卢茨 （转移话题）妇女劳动力当然便宜些。但是我们也必须小心谨慎。每个月我们都会上几次当。

科尔伯－肯特 是因为她们偷原材料吗？

卢茨 不是的，因为她们怀孕了。她们会故意怀上孩子，而不是因为必须生个小孩。我们刚刚聘用了这些女工，就得支付给她们产假补贴。

冯·武尔瑙 以前根本就不是这样的。那时人们也不用老是谈论从前。在我爸爸的公司里，所有人都亲如一家。工人们不是为我爸爸工作，而是为了公司，也为他们自己——至少人们都有这种感觉，这一点至关重要。总而言之，当时的企业管理体系是唯一能够让人感觉到他们是在为自己而工作的。他们工作时心情愉快，常常哼着轻松的歌曲；或者在担负特别繁重的工作时大家一起喊着独特的节拍号子，以便顺利完成任务。在这样的企业里干活，不再有任何阶级差别，也不会产生任何心理落差。每个人都是大集体中的一员，大家都有很强的企业归属感。顺便说一声，当时工人们喊的那些号子，应该赶紧收集整理留下来，否则将来谁也记不得这样的号子了。现在的工人干活时要么心情沉闷，要么心不在焉。他们的心思根本就没有放在工作上头，既没有创造性的主意，也没有想象力。说到这儿，我得表扬那些从南方来的工人。他们为了工作而生存，为自己处在社会当中而感到幸福。对他们而言，工作是生活的一部分。另外，以前的工人总是为他们的劳动产品而感到自豪。周末带孩子出去散步的时候，他们会无比骄傲地告诉孩子，路上看到的哪些东西是由他们亲手生产制作的。可是到如今，大多数孩子对父母的工作一无所知。

基尔布　如果是您，您愿意让自己的孩子看到父亲拧在汽车上的螺丝吗？或者知道母亲包装的黄油吗？

冯·武尔璐　我没带拐杖。打你又怕弄脏了我的手。

科尔伯-肯特　前段时间，我让人把图书馆的墙纸重新换了。当然，我也在一旁帮忙。不过，我发现那个裱糊匠工作时满脸郁闷，尽管我是按工资标准付给他报酬的。我问他："您怎么会对您的工作毫无激情呢？您不是还从中获得报酬吗？"那个工人不知如何回答是好。

冯·武尔瑙 都这样。

　　[基尔布漫不经心地捏着自己的指甲。

科尔伯-肯特 他们只想着钱。我早就说过，在他们的脑袋里，除了钱和荤段子，就没别的了。他们领了工资后，只惦记着买冰柜、水晶镜子、闹钟等家居用品，从来就没想到应该在夜校报个班学习，或者去剧院看场戏。一旦他们不再关注公众利益，而只是惦记着自己的个人享受，那他们就已经被贪图物质享受这个恶魔所掌控。我有时候开玩笑说，这听起来像是在教堂里布道。可是，没有公众的利益，又哪里来的个人享受呢？我总是这么打比方：大家在过旋转门的时候，如果所有的人都往门里头挤，谁也不让谁，那么旋转门肯定无法转动，最终谁也出不去。纸包住了石头，追求物质享受最终会让人丧失了个性。

冯·武尔瑙 我也讲个故事。您在布道时总会讲些小故事，对吧？我很精通修辞学。说句题外话，修辞学是一门已经没落了的艺术。我在超市里……

奎特 你在超市里？

冯·武尔瑙 是我自己开的超市。但是我想讲一个故事。

奎特 超市老板冯·武尔瑙，头一回听说这事儿。

冯·武尔瑙 没办法，税收太高，逼得我们必须投资。这个我不用向你们解释吧。开连锁超市正好适合销售我们的某些产品。这样我们就有自己的销售点，省去了中间销售渠道。现在我可以讲我的故事了吗？

奎特 哈尔德·冯·武尔瑙男爵超市。

冯·武尔瑙 我的超市叫米勒超市。有一次，我去超市检查工作，有位女士引起了我的怀疑，她一直推着空空的购物车在那儿徘徊。我很好奇地观察着她，除了那四处张望、偷偷摸摸的眼神外，她可以算是位贵妇人了。她突然朝我走来，很小声地问我："特价的大包装洗衣粉还有吗？就是上个星期海报上登的促销广告。"事后想想，真可惜啊。她本来正合我的胃口，可惜我又改变了看法。仅仅因为一件日用品就能屈尊降贵吗？不。我为这个人感到羞耻。

〔基尔布把手放到腋下，弄出了像放屁一样的响声。

卢茨 我特别烦那些消息不灵通的消费者。他们为什么就不看看报纸的财经栏目呢？那上面经常会公布各类产品的性能测试信息！为什么只有那么少的人加入消费者协会呢？如此下去，他们就再也没有什么判断力了。你们观察过那些在大减价时互相推搡着的家庭主妇的脸吗？那些失去理智的、扭曲的、恐慌的嘴脸，她们只顾着疯狂抢购那些特价品，像着了魔一样。没有思维，没有大脑，除了那沸腾的、让人厌恶的潜意识之外，什么都没有。先生们，那就像在动物园一样。真的，我可不是瞎编的。

基尔布 （插嘴）有火吗！

奎特 （没理会基尔布）你在说些什么？

卢茨 你知道的。我们刚刚停产。我们生产的高端产品竞争不过你的大众产品。你的产品已经为人所熟知，而我们的产品，光是那些带六角形盒盖的立体包装就已经过于前卫了。消费者都很保守，他们对新鲜事物的兴趣转瞬即逝，这是我们的火。对不起，说错了，这是我们的错。（看了基尔布一眼）

奎特 你们的产品刚上市的时候，我就立马把我们的产品列入了"被偷商品名单"。

科尔伯-肯特 什么叫"被偷商品名单"？

奎特 其实就是一整张的广告页，我们每周大量印发一次。上面列有十种"被偷窃最多的产品"。我们把这张单子以海报的形式同时发给各家店铺。各家商铺会专门搭个展示台，把单子上的产品都搁在台上，上面再挂上大幅海报，写着"本周被偷窃最多的商品"。这么做反倒大大促进了我的产品的销售。我总是把我的产品放到最显眼的位置。这个活动我一直在做，直到把卢茨打垮为止。说实话，我的产品就好像长在我心头的肉。我常常以亲切的眼光观赏着它们，把它们放在非常好看的四方形盒子里。尽管如此，我还是决定停止生产这种产品。

卢茨　你说什么？

奎特　这个产品很久以前就没有利润了。我之所以坚持了这么久，就是要打败你，不愿意让你觉得你们的产品比我的产品好。

冯·武尔璐　了不起，奎特。很深刻的教训。但是从中我们也看到：为了将来，我们事先团结起来是多么重要。

奎特　不然你们为什么会在这儿呢？

冯·武尔璐　就像著名的经济学家熊彼特[1]讲过的一样，企业家的责任就是要让一切事情运转起来。我们今天就是要让世界正常运行。

基尔布　有人来了。

---

[1]　熊彼特（Joseph Alois Schumpeter，1883—1950），美籍奥地利经济学家。——中译注，下同

冯·武尔瑙 （没有理睬他）这是很重要的一天。我们愿意放弃自己的个人利益，这还是头一遭。我们已经单独行动得够久了。大家单独做计划，在可悲的孤立状态下观察着市场。每个人都无助地抱着碰碰运气的想法，单独定价。我们轻视自己不熟悉的东西，而且从个人角度出发，观察其他人的营销策略。我们不懂什么是共同利益，却还为我们的自私沾沾自喜。我们必须改变这种情形，否则我们将不复存在。

［保拉·塔克斯冲进来。

奎特 保拉，我刚好想起您。

保拉 想我什么？

奎特 不是什么坏事。

冯·武尔瑙 请坐吧！（对其他人）对女士说"请坐"，这让我觉得很尴尬。（对着保拉）我们所有人都想您了。就连神甫都想了，不是吗？

科尔伯-肯特 （开玩笑）现在我才知道，为什么我刚才一直觉得好像哪儿的门没关。

基尔布 阁下，您的印章戒指失去了光泽。

科尔伯-肯特 亲爱的基尔布，你接着说。

［基尔布沉默了。

他每次只能说一句话。这种突然插嘴的习惯毁了他。

[保拉坐下了，她还穿着骑马服。奎特的妻子又进来了，她好像在找什么东西。保拉解掉头巾，甩了甩头发。奎特的妻子在跺脚。她走路的时候，高跟鞋卡进了地板缝里。她跳着返回去，很快地穿上鞋，试图优雅地走出去。基尔布朝她大吼了一声，她尖叫着消失了。

奎特　让人生厌的是：也许一分钟之前刚刚说好的事情，

　　转过脸又改变了主意，然后整个过程完全变了样。

保拉　您这样看着我，好像是等着我问您这话是什么意思。

奎特　待会儿记着提醒我，我还有些事情要跟您解释。

保拉　什么时候？

奎特　等会儿再说。

卢茨　我不想这么催大家，但是今天有很多事情要办。昨

　　天夜里，我久久难以入睡，最后不得不自我放松催

　　眠——我先是像往常一样想象着大海，但是大海竟然

　　像刚从冰箱里拿出来的冷冻菠菜一样波光粼粼，大

　　海上空挂着一轮朦胧的圆月，旁边还有一个小小的

　　月亮。

冯·武尔璐　谈正事吧。我事先声明，我们这次谈话的内

　　容必须保密。我发誓肯定会保密。（看周围的人）神

甫也会发誓，不是吗？卢茨也会保证，对吧！奎特呢？点头了。塔克斯女士还在回味刚才骑马的事。那么，我们尊贵的客人呢？（转头看着基尔布）

奎特　汉斯！

［汉斯立马出现，搜基尔布的身。他摇了摇头——没有发现麦克风之类的录音设备。汉斯下。基尔布蹲在凳子上，脸冲着大家，模样就像只鸡。

冯·武尔璐　我们不是狼，却有着狼的生存规则。自由竞争就是狼的规则，这个我们都有所体会。在一般人眼里，我们这些人只是坐在汽车后座里捏着雪茄吞云吐雾的怪物。在开车去往郊区的路上，本应该欣赏途中诗意盎然的景色，但是我们却意识到，现在的自己绝对不是我们曾经想要的那个样子。神甫先生，您不要摇头，您知道，我是什么意思。是的，我们不仅仅是在扮演坏蛋的角色，实际上，我们本身就是坏蛋。尽管我每天吃的都是山珍海味，但其实我很长时间以来都不想这么胡吃海塞了，美味佳肴使我慢慢地只剩下一个空洞的躯壳，一个没有灵魂的空壳。看看你那些同事们在三星级饭店里吃工作餐，卢茨，他们吃饭的样子就好像是抢购打折商品一样兴奋。每年冬夏两次季节性打折促销活动能让家庭主妇们疯狂不已，而你的工人们却一辈子都处于这种疯狂状态，每到吃工作餐的时候他们就像一群动物！也许塔克斯女士会认为我这是草率的、不辩证的印象派看法，可我们毕竟不是自愿变成现在这副嘴脸的。我最初的经历告诉我，世界上没有任何人自甘变为非人。因此，当我必须做些不合天性的、让我害怕的事情时，我就老是这么安慰鼓励自己。

奎特　市场是不会通过价格竞争而扩大的，你是这个意思吧？

卢茨　（看了看基尔布）反正价格战不能解决问题。大家心里有数就行了。

奎特　竞争就像一出戏，相互打压实在是幼稚的行为。我们联合起来打压小企业，一直压到他们只能啃老本。温柔的排挤手段代替了暴力。这使我想起小的时候，为了不让别人得到我想要的东西，我先悄悄坐在那个东西上，然后若无其事地吹着小曲儿。

科尔伯-肯特　这儿可不是忏悔室，奎特。

奎特　我要说的有以下几点：

　　　　首先，产品种类过于庞杂，市场令人捉摸不透。谁在大量地生产商品？是我们中的某个人吗？荒唐。那是谁呢？当然是他们那些小企业。我们要让市场重

不理性的人终将消亡

新变得单一透明。

其次，当产品种类不再繁杂时，少数几种商品的产量却大涨。今天我吃早餐时看到报纸上说，黄油产量过剩，冷藏室都要被黄油挤爆了。真的是产品过剩吗？不是产品过剩，而是消费者的需求太少。我们就是靠这点可怜的需求而生存。

第三，需求太少的原因在于高昂的价格吗？对。而价格高居不下又是由于工人酬劳过高，不是吗？因此，我们必须减少劳资开销。怎样才能做到这点呢？我们可以到别处寻找廉价的劳动力。比如去毛里求斯，那里有不错的劳动力市场，种植园的工作使一代又一代的毛里求斯人适应了辛苦的劳作。亚洲人灵巧的手指非常适合手工业制作。在这些地方生产出来的产品可谓物美价廉，这可是制胜绝招。此外，你们想想看，所有商品上都标着"毛里求斯制造"。我还记得自己小时候是多么渴望看到这种标签。我们亲爱的消费者难道不也是这样想的吗？总之，我们要以此刺激消费者对商品的需求，同时对价格重新进行调整。

第四，我们应该时不时去大自然里走走，这样才觉得自己还具有人的天性。

第五，（对着冯·武尔瑙）我一直忍不住想擦干

你那湿乎乎的嘴。（说着便用手帕在冯·武尔璐的嘴上抹了两下）

　　第六，（对着基尔布）请你重复我刚才说过的话。

［停顿。

基尔布 （动了动嘴唇，顿住了，又尝试着想开口，但是摇了摇头。他从凳子上跳到奎特面前）真有道理，就和这个一样。（基尔布揪住自己的两只耳朵，舌头就从嘴里伸了出来；再甩甩下巴，舌头就又弹了回去。企业家们都不做声，相互瞅着。）

卢茨 我们已经开始庆祝了吗？

奎特 我还没说完呢。

科尔伯-肯特 您刚才演的是哪出戏？不是认真的吧？实际上您不是……

奎特 （打断科尔伯-肯特）对，实际上就是。

　　（对冯·武尔璐）你怎么不说话？

冯·武尔璐 我已经习惯了。可能你就是那类人，那类喜欢挤别人脸上脓包的人。

奎特 （夸张地拍了一下脑门）没错，我刚才有些控制不住自己，不过现在我又恢复常态了。

冯·武尔璐 真快，一转眼我都忘了你说什么了。好像你刚才还没说完。

奎特 重要的是，从现在起，无论我们做什么，都要和其他人商量。如果我去购买原材料，却没有告诉你们货源，那么这就算背叛。如果卢茨在市场上推出新产品，是为了分走我的一部分市场份额，这就算出卖。如果我们的神甫仅仅因为工人们都是虔诚的农家姑娘，就付给她们较低的工钱，并以此压低产品价格，这就叫背弃。如果您，保拉，让工人参与利润分配，并因此擅自提高产品价格，也是不守信用的表现。（对冯·武尔瑙）这样做还算合理吧？

冯·武尔瑙 塔克斯女士可能会有不同意见："我让工人们参与利润分配，是一种理智的做法，也许能够提高生产力。"

奎特 （就像刚才的话真是保拉说的一样，转向她）只要您和我们一起提价，就不算是出卖。只要您和我有着共同的生活习惯，您便不可能出卖我。上香槟，汉斯。

[幕后砰地响起了开香槟的声音，汉斯迅速上。他手端托盘，上面放着香槟酒杯和正冒着气儿的酒瓶。他依次往杯里倒酒。奎特用嘲讽的口吻向大家介绍香槟和酒杯的质量："法国名贵香槟王唐·培

里侬[1]，1935年的战前香槟。比德迈尔酒杯，手工吹制，杯身具有不同的厚度……"所有人举杯、碰杯，大家相互示意，喝着酒。基尔布一直坐着。在大家喝酒的时候，他突然短促地大笑了几声，但没人理他。他拔出旅行刀来左右把玩，最后刀尖朝下落在了地板上。大家对此无动于衷。他收起刀，又摆弄了几下吹弹式口琴。汉斯端着托盘下。基尔布起身，在众人脚前挨个吐了几口唾沫。他来到保拉面前，用手背托着自己的下颌骨，撅着屁股向前挺直了身体。人们还是容忍他的行为。他先后将卢茨和科尔伯－肯特举起来又放在别的地方，他们两人听之任之。他在舞台上走来走去，顺便轻轻踢了几个人的膝盖，他们都打了个趔趄。基尔布没有踢保拉，他像美国喜剧演员哈勃·马克斯一样，大腿挂在保拉身上。保拉不动声色地抓住他的腿，把它从自己身上拿开。基尔布将奎特晾在一边，只是斜眼瞟了他一下。基尔布开始发话了。

基尔布　那我呢？我负责消遣的部分吗？难道我是个听从所有人发落的牲畜？或者是条卷毛狗，看着你们和对

---

[1]　唐·培里侬（Dom Perignon），法国传统名贵香槟。

方赤裸着上床？我可以咧着嘴追得你们在屋前花园里乱逃。我要用脓血涂抹你们那些冠冕堂皇的大话。我要把你们隐秘的软肋塞到真空包装里。我要用蜡烛把刚宰的鸡身上的毛根燎干净。瑞士人把这叫做"鸡皮疙瘩"。气氛！我要的就是气氛！我的吹弹式口琴在意大利语中叫做"意念消散器"。我说话总是不动声色，亲爱的女士。您看，您的手纸掉出来了。

［他捡起手纸，放在保拉的手臂上。保拉面不改色地笑了。

如果你们着了火，我会把你们盖起来，直到你们窒息。如果你们所有人都冻死，我会坐在一旁，打着响指。恶毒，不是吗？……（愈发尴尬）从你们各自的荆棘丛里走出来吧，从生意场的魔咒中跳出来吧，一个自由人就在你们面前，他是榜样，是从图画书里走出来的理想人物。（像巴伐利亚跳拍鞋舞的演员一样，拍着手、大腿和鞋底，只是跳得不够快，略显笨拙）各位，高兴点！注意！要像马戏团表演时的气氛！不要只动口，动口就得动脑子。饶了你们的语言中枢吧！多动手，多来些肢体语言！（拿起香槟杯，似乎有些无助地让它脱了手，还假装条件反射似的，想抓住下落的杯子）别傻站着！就像一堆雕像！动起来！只有动起来，人们才能认出你们。庆祝就应该有个庆祝的样子！

[基尔布冲着保拉跳了几步舞，在她面前停住，开始解保拉衬衫上的扣子……他两手抱拳，往中间吹气，给自己鼓劲儿。然后他又像冻着了似的，把手放在胳肢窝里。没有人阻止他。他瞄了一眼奎特。奎特仔细打量着他，可是又有些心不在焉，甚至有点儿不耐烦。基尔布犹豫不决地把衬衫从保拉的马裤腰里扯出来。保拉只是笑。他似乎放弃了，退回来，艰难地做了个痛苦的拍手动作，并没拍上。这时，奎特跳起来。他抓住基尔布的手，想让他把保拉的衬衫拽下来。基尔布挣扎着。奎特的妻子上。她感兴趣地看着。奎特放了基尔布，亲手把保拉的衬衫拽掉。保拉不紧不慢地将双臂交叉于胸前。奎特的妻子下。奎特又把一个香槟杯塞到基尔布手里，而他自己则抓起剩下的杯子，一个接一个地把它们狠狠摔碎在地上。他重复着基尔布说过的话：气氛，我要的就是气氛……把基尔布推到一边，直到他也迟疑地扔下杯子。奎特走到众人面前，往每个人脸上吐口水，又捡起一块玻璃碎片，朝基尔布走去。他扔掉玻璃片，从后面勒住基尔布的脖子，

弄得基尔布前仰后合，然后将他推向别人。

基尔布 （被勒住脖子不能动，想挣脱开来）您误会我了，奎特。您的所作所为毫无章法可言。一点也不美，缺乏品位又十分混乱。尤其和音乐搭不上边儿，它既没有旋律，又没有节奏。当初可不是这么约定的。您难道不懂什么是玩笑吗？难道不能将仪式和现实区分开来吗？您要注意分寸，奎特。

奎特 （把基尔布按在椅子上，拖着椅子在舞台上走）就是因为我有分寸，你才能活到现在，你这个投机倒把的家伙！现在，请你告诉我，我的分寸在哪儿？你这个自由放肆的东西！

[他把基尔布拖到舞台深处看不见的地方，走了回来。保拉镇定自若地下场。汉斯手拿簸箕和扫帚上。其他人整理衣着。所有人都笑了起来。奎特没有笑。汉斯把玻璃碎片扫成一堆。保拉穿好衣服上，抿嘴笑着。

冯·武尔瑙 我看，那个人现在该学乖了。

科尔伯－肯特 他可学不到什么，他没长记性。对不倒翁来说，落到地上还得再弹回去。他什么也记不住，所以也没什么可忘记的。被赶走的牛虻又会在原处卷土重来。和我们人类这种有史可鉴的生物不同，他不会瞻前顾后——塔克斯女士可能会这么说——他只会寻迹而来。我看，他就像一只无头苍蝇，一个四处乱撞的东西。田野上的麻雀居无定所，四处迁徙，这便是上帝的旨意。我刚刚看到他骑着自行车，就像只动物一样在林荫道上狂飙。

奎特　您说话的时候别老盯着我，弄得我什么也没听进去。

冯·武尔璐　唉，如今哪还有什么林荫大道了。我还依稀记得以前的林荫道两侧树木成排，在道路的尽头立着一栋庄园主的大房子，晨曦中窗户还比较昏暗，只有佣人居住的阁楼天窗已被照亮；落叶窸窣作响，刺猬悄悄爬过我们的脚旁；白天，空气静止不动，一丝风都没有，垂死的病人在反省中宁愿死去；突然一声脆响，猎枪打爆了树上的一颗栗子，我们把猎枪扛在肩上，回头向家的方向望去，然后悄然潜入猎区中央。是啊，我们这位小股东先生是一个柔弱的家伙，柔弱得就像小偷行窃时蹑手蹑脚地拉开别人的抽屉，又像谋杀者行凶前小心谨慎地抚摸刀刃看是否锋利。

卢茨　您说的话如此高雅，冯·武尔璐，令我羞于讲出自己的笑话。

冯·武尔璐　我命令您讲。您刚才看起来一直都是心事重重的样子。

卢茨 两个人彼此相爱，他们爱得如此焦灼，就像是人们有时急于吃一块蜂蜜面包似的。他们完事之后——（看了一眼保拉）噢，请原谅。

冯·武尔瑙 塔克斯女士本来就没听进去。再说了，她也不会在意，还可能把这个猥琐的笑话当作我们性欲的真实写照，不是吗？请您接着讲吧！

卢茨 他们完事之后，男人马上站了起来。"噢，"女人说，"你刚结束就把我丢下，这算是爱情吗？""可是我已经数到了十。"男人回答。

［大家笑了一下，或许根本就没有笑。冯·武尔瑙、卢茨和科尔伯–肯特准备离开。只有汉斯还在清扫玻璃碎片，他跪在地上窃笑了一会儿。那几位先生转过来看着他，他起身，仍然窃笑着从他们面前走过。

冯·武尔瑙 奎特，我们相信你，就如同你信任我们一样。忘记你刚才的感性吧！感性对我来说是形容安全套的字眼。

［三个企业家下。

奎特 （对着保拉）您不走？

保拉 我想提醒您，您刚才打算跟我解释些什么。

奎特 我刚才只希望您能留下。现在您可以走了。

〔停顿。

〔保拉又坐下来。

〔停顿。

　　我发现，我偶尔对您产生的想法有多么恶心。一分钟前，我想的可能只是您的名字。可是您忽然变得有些特别。我想站起来，想把手伸到您的大腿中间。

保拉 您是在说我，还是在说某个东西？

奎特 （短促地笑。停顿）我要说：是你，你这个东西。今天我总是蠢蠢欲动，想做些什么。我害怕做这些事，可它们却深深地吸引着我。您一定知道那个在葬礼上大笑的故事。还有一次，一位陌生的女士坐在我对面，我们对视了很久，直到我燥热起来。忽然，她向我伸出了舌头，不是调皮地从唇间伸出舌尖，而是把舌头吐出来，几乎露出了舌根。整张脸看上去像一张恶心、丑陋的鬼脸，她就像要把自己的五脏六腑都吐出来似的。打那时候起，我也想着能够把舌根都伸出来。可我往往只能在头脑中自由地幻想，激起那么一丁点儿的冲动。幻想一般是从解开某个陌生路人的鞋带或者扯掉他的鼻毛开始的，而在公众面前拉开裤子拉链则是幻想的尾声。

保拉 是不是应该谈一谈咱们的约定了？

奎特 可是我刚到兴头儿上，刚才的话才是我真正想说的。之前，说话只是嘴唇一张一合的运动，我必须努力调动起肌肉来，可还是下巴生疼，脸颊酸痛。我现在知道，自己在说什么。

保拉 您信天主教？

奎特 请认真听我说。

保拉 您说话的调门就像是大众代言人似的，自己经历的事也想让我们所有人都经历一遍。为了让我们这些顽固不化的人认同您的看法，您恨不得把自己累得趴下。我还是希望做我自己。您的感伤正在感召我冷漠的心；您希望有更多的拥护者，这也让我明白，我还没有被您唤醒。您的所作所为像是在宣布，自己的时代终于到来。而那位曾经甘于忍受生活的奎特已经成为过去。您已经忍受够了，伙伴儿。您的态度如此坚决，简直令人生疑。您不在乎历史对您的评价，对我来说，您几近垂暮。

奎特 可我希望，当人们谈到我时，即便那是最后一次，他们口中的我仍是真实的我。否则我最终的形象将是刻板、机械、千篇一律、毫无特点可言。有一次我从家里出来，几个小孩冲着我大叫："我知道你是谁！

我知道你是谁！"孩子们幸灾乐祸地叫着，就好像他们认出了我，是我的一件糗事似的。另外，您刚才就像讲故事一样表达了您对我的抽象看法，我觉得非常无礼。

［停顿。

保拉　您先坐下。

奎特　（坐下）

［停顿。两人相互看着对方。

保拉　（扭转视线）是啊，我这身打扮也令自己头疼不已。真不知道该和您说些什么，但我还是想开口。

［停顿。

灯光昏暗，坐在这里很舒服。我刚才什么都没想，这样也很好。

［停顿。

您想来点儿炼乳吗？我忽然很想要点儿。

［停顿。

（说着话，好像想对某个话题避而不谈）我的工人不可以看到我这样。我经常买大众货，穿着要舒服得多。另外我忽然想到，从现在起咱们要一同设计广告。我的宗旨是，不人为制造消费需求，而是唤醒人们潜意识里的自然需要。大多数人不知道自己想要什么。因此，那些只介绍产品的广告词实际上就是唤醒人们需求的一种宣传。与产品情况不符的广告是严禁出现的，否则会误导消费者，使他们对产品的本质属性产生错误的认识。这是欺骗和蒙蔽，产品本没有那些作用。这也是人们经常指责我们的原因。产品本身的存在就已经足够理性了，要不然，我们这些理性的人是不会采用理性的材料和理性的生产工艺再请理性的工人将其生产出来。如果广告不骗人，而是准确地介绍我们理性的产品，那么广告也会变得理性。您看看那些社会主义国家，那里没有一件非理性的商品，可它们同样需要广告，因为理性的广告是必要的。通过这些广告，理性也被传播开来。对我来说，广告是唯一的唯物主义诗篇。由于意识形态不同，许多东西都离我们远去，而广告这种人格化的体系又重新让我们和这些东西变得熟悉起来。广告赋予物质世界灵魂，使它充满人性，从而令我们找到回家般的亲切感觉。我要告诉您，当我在老旧的风火墙[1]上看到几个大字——"您的鞋需要艾达[2]"——时；当我看到洗

---

[1]　房屋建筑之间用来防止火势蔓延的墙。
[2]　原文为"Erdal"，德国鞋油品牌。

衣粉广告的背景是大大的太阳时，我是多么感动！我的情感也因此变得伟大。而二十年后的今天，同一种鞋油的广告词——"经受喜马拉雅的考验"——让人感觉庸俗拙劣，我的情感也随之支离破碎。我抛掉生产者的情绪，用纯粹的眼光审视着画册里的广告，它们带来的气氛和情调是那么可笑。虽然它们仍然能使生活变得容易，可那却是一种具体的、理性的东西，它们和市民口中流传的广告语完全不同。请您想想看，广告作家写作时要比诗人更有尊严，更先进！当诗人独自念叨那些无形的东西时，广告作家在小组里分工协作，描绘着有形的物体。只有广告作家才是有创意的作者，他们想到的东西都是以前从未有过的。最近我们发现，我们某种产品的宣传语有些问题。标有"轻纤汤勺"的商品，销售量低迷。我们小组的一位成员终于有了主意，他把"轻纤"改成了"强劲"。"轻纤汤勺"变成了"强劲茶匙"，销量猛地提升了近两倍。

〔汉斯踩着最后一句话上场，打开灯。

奎特 （对着汉斯）我们不需要灯光。

〔汉斯关灯，下。

保拉　我听到我的手表滴答作响。

奎特　您一定买得起无声手表。不过，这或许和手表没有
　　　关系，而是牵扯到一段记忆。请您将往事回忆。
　　　［停顿。

　　　或者不去回忆。

保拉　一个孩子站在您面前唱歌，如果您对他说："真棒，
　　　继续！"那么他就会停止歌唱。可是当您说："停
　　　下！"他却继续高歌不已。

奎特　有的女人，她们⋯⋯

保拉　别说了，没有用的。

奎特　有的女人是碰不得的，一旦碰了，就会给她们留下
　　　伤痛的回忆。一条项链便有了故事。每次抚摸脖颈，
　　　都成了对往事的重温。这个女人的一切都完了，别人
　　　和她在一起所做的事都会令她想起过去。没人能向她
　　　讲述什么，她心不在焉的一个点头就能马上打断对
　　　方。在如此深刻的回忆面前，这个女人的内外都不会
　　　受到影响。神秘而又有些欲言又止的冲动使人飞快地
　　　换上另一副面孔，它早已让女人认清了这种冲动。大
　　　家都知道性爱杀手的故事：一个人只有切腹才能博得
　　　对方对自己应有的注意。妓女不让人抚弄她们的头
　　　发，怕把发胶弄掉而乱了发型。

保拉 您只是在描述这件事，而它的原因是什么？谁负有责任？谁又任其存在？这样对谁有好处？您没有分析原因，而是从中取乐。这也算是它存在的一个原因。对整件事的描述成为了男人们的笑话。冯·武尔瑙没准儿会说："塔克斯女士可能会把它评价为非辩证的印象主义。"

奎特 而您呢？您只注意找寻内因而忽视了表象。从一开始您看见的便不是事实，只是原因。当您想解决内因，从而改变某种现象时，这种现象早已变了身，您必须再去处理其他动因。就像您现在看着我时，请注意我这个人，而不是我的种种动因。

保拉 您有一支漂亮的领带夹。您的衬衫簇新，都能看到包装时大头针留下的小洞。您正在咬磨自己的颌骨，说明您争强好胜。纤细的手指就像是弹钢琴的。您耳垂上仍有剃须泡沫留下的痕迹。当您想装得像个坏人时，您的裤脚却出卖了您。

［奎特起身，拽起保拉。保拉夸张地用双臂拥抱他，一条腿放到他的胯上。保拉仰起头，嘲讽地叹了口气。奎特立马放开她，离开。保拉追逐着他，动作幅度很大。奎特站住，向她走去。她却退缩。奎特反过来开始追保拉。然后两人各自转身，站定。

不理性的人终将消亡   43

奎特　请您别再这么不近人情。有一次，我送给别人一板巧克力，因为他有个小孩子。巧克力分成许多小块，上面画着童话故事，每块的主题都不相同。"噢，"孩子的父亲遗憾地说，"不是拼图玩具！"他继续说道："巧克力生产者使想象力变得匮乏……"听到这话，我马上离开他，远远地站在一旁，觉得十分孤独。在孤独面前，我只能低头看着地板。请您不要再这样了。

保拉　是您先开始的。

奎特　您看到从那面墙里伸出来的钉子了吗？

保拉　是的。

奎特　它很长，不是吗？

保拉　很长。

奎特　您的头有多坚固？

　　〔停顿。

保拉　我还是把灯打开吧。

　　〔停顿。

奎特　今天有人按我的门铃。我十分好奇，就亲自去开了门。还是那个卖蛋的，他每周都会挨家挨户地送一趟那所谓的农家货。每次都是在同一个时间，可我忘了这一点。当时我真想冲他嚷嚷，"难道就不能是别的人来按门铃吗？"

[停顿。

保拉　如果我变成了别人呢？

　　[奎特向她走来。保拉没有退缩。

奎特　前不久我刚刚看了一部无声电影。没有背景音乐，
电影院里一点声音也没有。偶尔，当电影里出现一处
奇怪的画面时，几个孩子的笑声会从某个角落里传
来，然后又很快沉寂下去。我忽然有了死亡的感受。
这种感受是那么强烈，我不由得叉开了双腿，摊开
了手掌。这又是由何种社会条件引起的呢？您能为我
解释一下吗？这种症状以某人的名字命名了吗？如果
有，那个人是谁？

保拉　我不知道它是由何种情况引起的，不能为您解释。
这种症状绝对属于您本人，而且也仅限于您本人。这
种个例不值得探讨。大众有其他的烦恼。

奎特　大众的烦恼会消失吗？

保拉　会，因为产生烦恼的环境也会消失。

奎特　到时候，大众可能会产生同我一样的烦恼，这种烦
恼不会烟消云散。

　　[奎特妻子上，手里拿着一本画报。

不理性的人终将消亡

奎特妻　奥地利戏剧家，已逝世，姓氏由七个字母组成，姓什么？

奎特　Nestroy[1]。

奎特妻　不对。

奎特　水平方向还是垂直方向？

奎特妻　水平方向。

奎特　Raimund[2]。

奎特妻　啊，对呀！

　　〔奎特妻下。

　　〔停顿。

保拉　手表——它可不是什么纪念品。

　　〔停顿。

　　　　我还是那么不近人情吗？

奎特　我现在不会告诉您，我心里想的是什么。

保拉　您在想什么呢？

---

[1]　这里指剧中人物正在玩填词游戏。J.N. 内斯特罗伊（Johann Nepomuk Nestroy, 1801—1862），奥地利剧作家兼喜剧演员。他的"大众戏剧"作品不仅在艺术上使维也纳地方色彩升华为一种具有普遍性的艺术，而且注入了民主主义和社会批判的内容。

[2]　F.J. 赖蒙德（Ferdinand Jakob Raimund, 1790—1836），奥地利剧作家兼喜剧演员。创造了富于想象力和幽默感的童话剧和魔幻滑稽剧，提高了"大众戏剧"的文学水平。

奎特　真好，您还能问我。但您为什么不能主动地、发自内心地问我呢？我渴望被您问及。是不是我用头撞地，您才会关心我？（趴在地上，真的用头撞了几下地面，然后马上起身，向保拉走去）我想抓住世界，把它吞噬掉，所有的一切，我都难以触及。而我也令人无法触及，所有的东西都绕我而行。我经历的每件事都会渐渐归于死一般的自然，在那里我什么也不是。我可以直面它，就像刚才直面您一样，那好比尚无人类的远古。我幻想着海洋，幻想着爆发的火山和天际古老的山脉。但是这些想象对我来说根本不起作用，在这些震撼的幻景中我甚至不曾有过一丝的战栗。现在，当我凝视您的时候，看到的只是您自己，没有我在一旁。我看到的不是过去的您，也不是和我在一起的您。这有些不近人情。

保拉　请您原谅，我无法集中注意力。（上前一步，两人的身体挨在一起）你[1]到底在想什么？

　　［停顿。

奎特　你是知道的。

---

[1] 从这个时刻起，保拉对奎特的称呼变得暧昧，不再是德语中刻意保持距离的"您"，而是说"你"。

保拉 可能吧！但我想从你的嘴里听到。

奎特 现在我觉得自己足够坚定，能够不再跟你说什么了。

保拉 （退后）这里只有我们俩。

奎特 我孤身一人，你孤身一人，何谈"我们"。大家共同约定的计划提到了"我们"，可我不想把它挪用到此处指代你和我。

保拉 此时此刻难道不在计划之中？

奎特 你能不能有一秒钟不提什么计划？

保拉 是你的不耐烦逼我这样做的。

〔奎特把保拉推倒在地。

〔保拉躺在地上，用肘部支起身体。然后站了起来。

奎特 你爬起来的样子多美！

保拉 我想走。

奎特 汉斯！

〔汉斯上，臂弯里搭着一件长长的皮大衣，他走错了方向。

奎特 我们在这儿。你刚才走神儿走到哪儿了？

汉斯 （帮保拉穿上大衣）刚才一如既往地想到了您，奎特先生。只是因为我刚从外面光线充足的地方进来。

保拉 汉斯，你帮别人穿大衣还真有一套。

汉斯 奎特夫人也有这么一件。

保拉 （对着奎特）我想和你说说关于我的事儿，奎特。但只有在不被问及的情况下，我才愿意倾诉，自然而然地倾诉。你发现了吗？我是第一次主动说起自己的事。刚才你妻子走出去时，我长长地舒了口气。在舒这口气的瞬间……请不要笑。

奎特 我没笑。

保拉 在舒气的瞬间……请不要笑。

奎特 我马上就要忍不住了。

保拉 （大声地）舒气的瞬间，爱情来了。

　　〔奎特大笑。

　　〔保拉下。

奎特 （对着汉斯）什么也别说。

汉斯 我什么也不说。

　　〔奎特的妻子走进来，打开了柔和的暗灯，坐下。给汉斯一个信号，让他离开。

奎特 你还没打扫。

　　〔汉斯开始收拾东西。

奎特 （对着妻子）今天一天都干什么了？

奎特妻 你看到了，我进进出出，来来去去。

奎特 在城里怎么样？

奎特妻　人们尊敬我。

　　〔汉斯下。

奎特　有什么新鲜事？

奎特妻　我偷了这件衬衫。

奎特　重要的是，你没被抓到。还有什么新鲜事？

奎特妻　我走走停停，逛来逛去。你为什么不坐下？

奎特　你气色不太好。

　　〔停顿。

奎特妻　是的，不过总算是晚上了。

　　〔奎特妻子起身，快步离开。在她还没下场前，奎
　　特就已经坐下了。

　　〔奎特独坐了一会儿。其间，城市的轮廓被完全照
　　亮。汉斯回来，手拿一本书。奎特抬起头。

汉斯　还是我。

奎特　告诉我，汉斯，你到底如何生活？

　　〔汉斯坐下。

汉斯　您一张嘴，我就知道您要说什么。但我不忍打断
　　您。算了吧！

　　〔停顿。

奎特　不要总是看着我的眼睛。

汉斯　每次，当我想对您献殷勤时就会这样。

奎特　给我讲讲你的事。

汉斯　您指的是什么呢？

奎特　你不明白吗？我对你的故事很好奇。当你想说话却只能呐喊的时候会怎么做？你难道没有浑身乏力、只能躺着想事儿的时候吗？当你思考自己和别人的关系时，满眼看到的会不会都是汗水浸透的钱？给我讲讲你的事。

汉斯　其实您是在问您自己。

　　［停顿。

奎特　我那卑微的意识为什么只能在广阔的世界里如此做作地尖叫，而不能做别的事？（呐喊）为什么不能做别的事？我很重要，我很重要，我很重要。你现在为什么不再看我的眼睛了？

汉斯　因为在您眼里我看不到什么新鲜的东西。

　　［停顿。

奎特　请给我朗读吧！

汉斯　（坐下，开始朗读）[1] 一天，午饭过后，暴风雨正

---

[1]　汉斯所朗读的是奥地利作家阿德尔伯特·斯蒂夫特（Adalbert Stifter）的小说《老鳏夫》（*Der Hagestolz*）的节选。

猛烈地袭来，骤雨像钻石一样，颗颗打在湖面上，激荡起小小的水泡。"我不久就要离开你了。"叔叔说。维克多没有做声，他只是听着，听叔叔接下来要讲些什么。"到头来一切都是枉然，"叔叔缓慢的声调再次响起，"一切都是枉然。年轻人和老人在一起不合适。中用的时日不久就都会消逝，它们早已日薄西山。没有什么力量能把它们拽回到岁月的首页，而首页上的种种已成往事。"维克多深受震撼。老人宁神安坐，闪电的光芒在他的脸庞上闪烁。电光时而闯进昏暗的房间，老人灰白的头发里像有火苗流过，一道白光点亮了他落寞的皱纹。

"噢，维克多，你知道什么是生活吗？你了解那种催人老去的东西吗？

"我怎会知道，叔叔。我还如此年轻。"

"是呀，你不知道，也不会知道。当人们还年轻的时候，生命是那么的漫长，无法度量。人们总认为面前有太多的东西，而自己才走了一小段旅程。所以，他们把这个或那个推到一旁，打算以后再重新捡起。可是当人们把它捡起来时才发现，自己已经老去。从起点眺望，生活是一片未知的田野；从终点回望，生活竟然不如两个脚背宽广。它是个熠熠发光的东西，它如此美丽，让人情愿跌落进去，永永远远。而衰老是一只傍晚的蝴蝶，恼人地在我们耳边搅扰。人们想撒开双手，止步不前，因为他们错过了太多东西。一位老人站在由许多经历构建的小山上，可是这些对他有什么用？我做过许多事，却也没留下什么。如果生前的所作所为不能在盖棺后继续流传，所有的一切便会瞬间崩落。一个人老去之时，还有儿子、孙子、重孙围在身边，他往往就会存在一千年。同一种生活多姿多彩，人们前行，而生活仍然一如既往，人们不会意识到，生命的一小部分已经离去，不会回来。我之所以成为我的一切，随我的逝去而崩塌。"

说完这些话，老人沉默了。他和往常一样，把餐巾折好，卷成一卷，放在专门箍餐巾的银环里。他又把各种瓶子整理好，把奶酪和糕饼放在盘子上，盖上各自的玻璃罩。可他并没有像以往那样，把东西从桌子上收拾下去，而是就那么摆着，自己坐在它们面前。其间，暴风雨已经过去，它带着温和的闪电和几番虚弱的雷鸣落到东边山巅的背面。太阳挣扎着升起来，逐渐把山上的城堡染得火红。第二天拂晓，维克多拿起手杖，手臂上挂着背包一头的肩带。绒毛狗好像什么都明白，高兴地在一旁跳来跳去。早餐在无关紧要的谈话中结束。维克多起身，背起背包，脸上带着准备启程的表情。"我送你到围栏那儿。"叔叔说。老人走到隔壁房间，他一定是按下了弹簧装置或者什么仪器，因为维克多马上就听到了围栏的叮当声。窗子也慢慢地自动打开，维克多看着窗外。"好了，"叔叔边说边走出来，"准备好了。"维克多拿起手杖，戴好帽子。老人和他一起走下台阶，穿过花园，来到围栏前。两人一言不发。在门口，老人停下。维克多凝视着他，明亮的眼睛里泪光闪闪——这是情感至深的见证。他忽然俯下身，用情地亲吻那满是皱纹的手。老人发出低沉而又难以言明的声音，就像一声啜泣，他把少年推出了围栏。两小时后，少年来到阿特马宁。他从昏暗的树林中走出来，偶然间听到了一阵钟声，钟声丝丝滑入耳间，没有什么音调能比它更加甜美，因为维克多已经好久没听到过钟声了。市政厅前，牲畜贩子驱赶着身披棕色皮毛的漂亮的山区动物，他们把动物从山区赶到了平原这里。小酒馆挤满了人，因为今天正好有周末市集。维克多似乎对此期待已久，今天他终于回到了尘世。当他再次从人群、马路和有趣的活动中走出来时；当他发现平原上点缀的那些线条柔和的小丘在自己面前无限伸长、延展时；当他看到远处的山峰像一顶蓝色的桂冠飘浮于身后时，他的心在这片广袤的大地上狂跳不止，催促着自己越过天边那条遥远而模糊的地平线前行，前行。

［停顿。

奎特 真棒，这把沙发椅还有个垫子。

［停顿。

那已经是很久以前的事了！过去，在 19 世纪，即便人们毫无探索精神，但至少还有对它的记忆和渴望。这样人们就可以装模作样地表演给别人看，正如故事里讲的那样。因为人们如此严肃、耐心而又认真地模仿，就像一名饭店老板——斯蒂夫特本人就是一名饭店老板，也许就真的产生了这种感情。毕竟人们相信所表演出来的东西是存在的，或是可能的。我只是映射过去的事，把严肃的正经事立刻当作笑话来讲，玩笑当中最多也只是把我个人的消息说漏了。不过，只有在说漏嘴的时候才知道还有我个人的信息存在。自此之后，关于我个人的信息就产生了。以前人们想要看到全局，现在我却只想看到细节。"呵！你这个长着大耳垂的家伙！"我忽然脱口而出，我本该与这个引起我注意的人谈话，而我却从后面踩他的脚后跟，以致他的鞋都掉了。我是多么想充满激情啊！

不理性的人终将消亡

冯·武尔璐和几个女人在拂晓时分赤裸着泡澡，并在水里一直吼着大学生歌曲。这是有关他的个人信息。我还会一不留神把过去几百年的龌龊事说漏了。为了避免这种情况，我才开始从商。听到电话的第一声铃响我就去接；当身后的车门打开的时候，我说话会更快。我们制定共同的价格并忠实地遵守。我忽然想到，我在玩一些不曾有过的东西，这就是区别。这也是绝望！你知道我会怎么做吗？我将违背承诺。我会把他们的价格连同他们一起毁掉。我会把我已经过时了的自我感觉当做生产工具。汉斯，我从自己这里还没有得到过什么。他们会用冰冷的手冷却发热的头脑，接下来头脑也会冷却。这将是一场悲剧，一场商战悲剧。我会是这场悲剧中的幸存者，还有我在这笔买卖中的资本，这只会是我，我自己。我会不小心说漏嘴，这些信息会淹没在百年的龌龊之中。有闪电，看来我的设想将会成为现实。

[雷鸣。

汉斯　这一切我无法理解。

奎特　晚安。

[汉斯下。

［奎特捶打自己的胸膛并发出人猿泰山般的怒吼声。

［停顿。

［他的妻子进来，走到他面前。

奎特妻　我有话想跟你说。

奎特　不要跟我说话。我还不想从自己的世界里出来。现在我就是我自己，只能和自己对话。

奎特妻　可是我有话想跟你说，求你了。

［停顿。

奎特　（忽然很温柔地）那就说给我听听。（搂住她的腰，她在他的怀里扭动着）跟我说说吧。

奎特妻　我……这个……因为……嗯……（轻咳）……你……不是真的……（犹豫地笑）……这个，那个……这个秋天……像一块石头……那个沙沙作响……这些菊石……还有鞋底的黄泥。

［她双手掩面，舞台渐暗。

第二幕

城市的轮廓。上一幕放沙袋的地方现在吊着一个大气球，慢慢地漏气，起初并不引人注意。曾经放着一排座椅的地方换成了一个闪着亮光并慢慢融化的大冰块。旁边有一个玻璃面盆，里面装着一块正在发酵的面团，灯光照亮了面盆。一架钢琴。背景中是一块深色的长方形岩石，上面刻着几行字，字迹慢慢地褪去："我们最大的罪恶——缺少耐心"、"最糟糕的东西存留了下来——最后的希望。"旁边是儿童画。舞台灯光同前一幕。

汉斯躺在一把旧躺椅上，身穿和之前一样的衣服睡着了。睡梦中还嘟哝着，笑着。时间一分一秒地过去。

奎特从幕后走来，边走边搓着手。不时地跳起舞步来。吹着口哨。

奎特　我有多长时间不吹口哨了！（哼唱着。哼着哼着，便产生了说话的欲望）嗨，汉斯！

[汉斯从睡梦中跳起，伸手要帮奎特脱掉外衣，尽管奎特并没有穿外衣。

你睡觉也忘不了为主人服务。刚刚我在独自哼唱的时候，忽然感觉到难以忍受的孤独。（端详着汉斯）现在你又来打扰我了。你梦到我了吗？噢，还是算了吧！我对此没有兴趣。（继续吹口哨。汉斯也一同吹起来）别吹了。你跟着一块儿吹让我很扫兴。

汉斯　我做梦了！真的，我做梦了！我梦到了一本袖珍日历，日历纸分为毛糙页和光滑页两种。毛糙页上是我的工作日，光滑页上是我休息日。我成天在日历页上滑行。

奎特　做梦吧，你这个梦想家，做你的梦吧——只要你解不了自己的梦，你就做吧。

汉斯　如果这梦本身就有解呢？就像刚才的梦中日历那样。

奎特　你在说你自己。怎么会这样？

汉斯　您传染我的。

奎特　我如何传染你的？

汉斯　通过您个人的表现以及您因此所取得的成功。我忽然发觉我缺了些什么。当我考虑这个问题时，我意识

不理性的人终将消亡

到我缺少一切东西。我头一回觉得我存在的意义不仅仅是为了我自己，而且是为了和别人比，比如说跟您比。我再也无法忍受这种比较，于是就开始做梦，分析自己。您刚才正好打断了我的梦，这个梦很重要。（又坐下闭上了眼睛，摇了摇头）可惜啊！结束了。在做梦的时候，我感受到与万物产生了新的联系。（对着奎特）我早就不想再被迫摇头了。

奎特　我似乎应该早些把你唤醒。那样的话，你就不会有这些想法了。你想离开我吗？

汉斯　正相反，我想永远待在这儿。我还有很多地方要向您学习呢。

奎特　你想和我一样吗？

汉斯　必须的。最近我强迫自己学您写字。我不再斜着写字，而是正着写。这就像是让一个弯了一辈子腰的人站直一样。但是也很痛苦。另外，当我叉腰的时候，再也不会这样（大拇指朝前，其他手指朝后）而是像您那样，（其他手指朝前，大拇指朝后）这会给人更多的自信。最近我也学您站立的样子，（站起来）一条腿直立，另一条腿稍息。感觉很不一样，很放松！只有当我购物时，比如去肉店买肉，我的两条腿会紧紧有力地并在一起，丝毫不挪动。这会给人留下绅士般的印象，于是我总能买到最好的里脊肉和最新鲜的牛肝。（打了个哈欠）您注意到没，我连打哈欠也不像从前那样不拘礼节了，而是像您那样尽量合上嘴。

奎特 也就是说，你会继续为我工作？

汉斯 因为有一种力量驱使着我，要像您那样自由。您拥有一切，只为自己生活，不必拿自己与别人作比较。您的生活充满诗意，奎特先生。众所周知，诗意树立权威，这份权威不会压迫任何人——更多时候是自由压迫着我们。从前我喜欢用舌头舔邮票，再把它贴在信封上，如果旁边有人在看着我，我会感觉就像当众被抓住一样。现在，要是有人喊我男仆，我连眼睛都不带眨一下；我可以镇定自若地抬着垃圾桶走在人行道上；我还能够旁若无人地挽着相貌极其丑陋的女人，与她并排行走；做分外的工作时，我可以毫无怨言——这是我的自由，这一点是我跟您学到的。从前我很羡慕您有能力买得起很多东西，我觉得自己不是汉斯，而是被当成小厮——您注意到我的自由了吗？我已经会玩文字游戏了！我曾经斥责您是吸血鬼，不把您视为人，而把您看成资本家。那时我是如此不自由。现在我一想起您的样子，首先就想到您的表链悬在肚皮上方，就像一条弯弯的曲线，充满了自信，我已深深为之所动。

奎特　听起来很熟悉。

　　［汉斯笑。

奎特　你是在嘲笑我吧。我本以为有你这样经历的人肯定会一成不变，但是你却不是这样。不会变的是别人，你还是变了。

汉斯　您是在蔑视自己吗？奎特先生。现在您已经把所有的产品都倒手卖出去了。

奎特　蔑视我自己？不。我也许会蔑视像我这样的人。

　　［长时间的停顿。

　　你倒是有点反应啊！刚刚你什么都不说的时候，我忽然想收回我所说的话。并且我的身体深处有一股劲在用力吸着，像是也要把我收回去似的。

　　［长时间的停顿。

　　你嘲笑我的语言。我倒是宁愿像新近戏剧中那些普通人一样，用沉默来表达自己，你还记得吗？那个时候，你至少会同情我。说话对我来说是一种折磨，我必须得忍受这种折磨。在你们看来，只有无法用语言表达自己痛苦的人才是值得同情的。

汉斯　您究竟想怎样被同情呢？即使您在痛苦时说不出话

来，您的钱也会为您说话，钱就是事实。而您，您只是一种意识。

奎特 （讽刺地）我之所以会提到同情，是因为那部剧中的人物感动了我。并非因为他们无言，而是因为他们原本希望以这种似乎非人性的无语方式善待彼此，正如我们这些观众，虽然生活在更加人性的环境中，但我们与他们并无二致。他们也想要温柔，也想要二人世界等等。只是他们不能言说，所以相互施以暴力和谋杀。这些在非人环境中生活的人在舞台上表现的是终极的人。我喜欢这种矛盾。我想在舞台上看到人——蜷缩着的、有灵性的、将痛苦和快乐统统流露出来的人，而不是一群怪物。这些生命吸引着我——手无寸铁的人、身份低下和被侮辱的人。人，你理解吗？那是真正的人，是我能感受到的活生生的人。你明白我的意思吗？人！就是……人！你知道我是什么意思吗？不是纸风筝，而是（考虑良久）人。你明白吗？人！我希望你能理解我所说的话。

汉斯 我刚睡醒，还不明白您讲的这个笑话。不过，假设您真的以为必须有另外一种可能，要么是纸怪物，要么是人，那就太可笑了。

奎特 什么？

汉斯　我不知道。

奎特　为什么不知道？

汉斯　正是我的不知道才是希望所在。另外，作为局内
人，我可以说：每当舞台上帷幕升起时，我就没有勇
气去思考，因为这又要触及到人性的问题。让我们接
着假设：您是认真的，也许舞台上的人感动了您，并
不是因为他们是人，而是因为他们展现了真实的事
物。打个比方，如果我们从某人的画像中能够认出原
型，一般来说，我们会对画中的人物产生少有的同情
心，而不会对现实中的原型有任何同情。这跟您看的
戏剧不是一回事吗？您同情剧中那些无言之人，又在
现实中瞧不起他们？那么您又为什么要去看这些对您
来说已经逝去了的、陌生的舞台形象呢？

奎特　因为我想回忆过去的那段时光，那时我过得还不
好，而且也无法表达自己。最主要的是，我这张被伪
装的脸已经坐在了观众席中。我期望在舞台上看到其
他毫无伪装的脸。还有，我去剧院是为了放松自己。

汉斯　（笑）您可真能开玩笑。

奎特　是真的。（笑。两人都笑了）

汉斯　您瞧，真实的人来了。

奎特妻　你们是在笑我吗？

奎特　还能有谁？

奎特妻　你们在说我什么？

汉斯　没什么。我们只是在笑您。

　　[奎特的妻子也笑了。她捶了奎特的肩，并用拳头
　　敲打他的肋骨。

奎特　我们一下子都很高兴，不是吗？

汉斯　那是因为您的生意好，奎特先生。请您给我一枚
　　硬币。

奎特　给！

　　[他想把硬币放到汉斯伸出来的手里，但是汉斯把
　　手缩了回去，并把另一只手伸了出来。奎特准备把
　　硬币放在这只手里，但是汉斯又重复了上次的动作，
　　把第一次伸出的手伸了出来，以便顺着奎特的动作。
　　当他意识到奎特要……他又伸出来第二只手。与此
　　同时奎特又准备把硬币放到汉斯第一次伸出的那只
　　手里。就这样来来回回，直到奎特把钱拿走。他走
　　到钢琴前并很快地弹奏起了舞曲。奎特的妻子拽来
　　汉斯，和他跳起了舞……接着奎特忽然弹起了一支
　　缓慢而忧伤的布鲁斯蓝调舞曲，并唱了起来。

　　　有时我在夜里醒来

　　　我打算在第二天做的一切

显得如此可笑

多么可笑地扣上衬衫纽扣

多么可笑地注视着你们的眼睛

多么可笑的啤酒杯里的泡沫

多么可笑地被你爱着

有时我清醒地躺着

我所想象的一切

都那么不可思议

不可思议地想站在卖香肠的小摊边

不可思议地想着新西兰

不可思议地想着过去和未来

不可思议地活着或死去

我想恨你并恨着人造革

你想恨我并恨着烟雾

我想爱你并爱着丘陵的风景

你想爱我并拥有最爱的城市、最爱的颜色、最爱
的动物

都远离我吧

在我死后

我曾经叹息着想象的生命

其实就是我身体上的气泡，

当它们破碎的时候发出一声声叹息

[停止歌唱。

现在我们都感觉很好，不是吗？我曾经看见阳光下走着一个妇人，她提着装满了东西的购物袋，当时我就知道：我再也不会出什么事了。我听到一位老妇人说："我还从来没有吃过带茎的香菜。"接着她又说："得了，我看还是别买了！"我再也不会出什么事了！我再也不会出什么事了！

[继续歌唱。

没有一个梦

能够让我看到

比我所经历的事还要陌生的事

也没有什么草

是为了打破宁静而生长

[又说道。

我每天早上从我的裤裆中掏出我的小东西等待排尿，这是我在无眠的夜晚无法想象的。

[冯·武尔瑙、科尔伯－肯特和卢茨一言不发地出现。奎特的妻子要走。

不理性的人终将消亡

奎特　别走。

　　[奎特妻子下。汉斯也下。

　　[停顿。

奎特　你们来啦。

　　[停顿。

　　　难道我们不想舒服点吗？

　　[停顿。

　　　你们想喝点什么？清烧酒还是白兰地？

科尔伯-肯特　不，谢谢。现在喝酒还太早。

奎特　要不来点果汁？新榨的。

科尔伯-肯特　我的胃受不了这个。胃酸太多了。

奎特　那至少也要吃点咸饼干棒，或者小熏鱼？

卢茨　谢谢，我们真的不想吃什么。真的，不要麻烦了。

奎特　你嗓子哑了。让汉斯给你沏些甘菊茶。

　　[卢茨摇摇头。

　　　是我自己从地中海那里采摘来的甘菊花。全都是花。

卢茨　（清清嗓子）已经没事了，我什么都不需要。

奎特　您呢，阁下？来点儿薄荷片吧？百分之百的纯薄荷。

科尔伯-肯特　我也什么都不需要了。

奎特　难道让我来喂您吗？

科尔伯－肯特 平时我喜欢含薄荷，但是今天就算了。

奎特 为什么偏偏今天不呢？又不是星期五，您说呢？

科尔伯－肯特 没什么，只是不想。

奎特 难道您要拒绝我？

科尔伯－肯特 如果您这么理解的话。

奎特 我生气了。

　　[奎特出去了。科尔伯－肯特准备拦住他。冯·武尔瑙示意他算了。

冯·武尔瑙 我知道。我能用鞭子抽掉他的头，再把这个没头的家伙扔到桌子上去。我刚才都咬牙切齿了，以致牙都有了裂纹。（龇牙）叛徒、无赖、傻瓜！我要平静一下，我的手甚至都发抖了，这是我从不曾遇到的情况。这会儿又完全没事了。你们看！（伸出手）但是我们现在必须要理智。从经济利益角度来说，首先要尽可能地理智，当他不再需要我们的理智时，我们就尽可能地不理智！我现在就盼着对他做出不理智的事情。（做出践踏、欺辱和扼杀的姿势）

卢茨 （打断他）正是这样。我们应该像您刚才那样，冷静一会儿。没准儿到时候我们就知道该怎么办了。把我们头脑里的想法说出来或者做出来，这样才能找到办法。他就是这么做的。唉，上天保佑吧！

［停顿。

［他们聚集到一起。

［停顿。

　　这招对我来说不管用。我现在只是觉得自己就像被别人逆着纹切的一块里脊肉，或是穿着短裤打网球，以致侧面走光露出了阴囊。

［停顿。

［他们又聚到了一起。

　　你们知道我最害怕自己什么吗？

［大家好奇地看着他。

　　我害怕自己会在餐厅里神思恍惚地站起来并忘记了买单。

［停顿。

［科尔伯-肯特挠了挠屁股，大家都看他。

科尔伯-肯特　我刚刚想到了我们的小股东……

［停顿。

卢茨　您从来就不做梦吗？

科尔伯-肯特　唉！阴森可怕的梦！

卢茨　是吗？那您讲讲。

科尔伯-肯特　（强有力地）那时……那时我独自一人走在森林里。

［尴尬的，长时间的沉默。

［停顿。

［冯·武尔瑙忽然大笑一声。

卢茨　您笑什么呢？

冯·武尔瑙　我想到过去的事。

卢茨　是什么好笑的事吗？

冯·武尔瑙　只是回忆。

［停顿。

阁楼上的粮仓，撒落的谷粒夹杂着老鼠屎，儿时赤脚陷在谷堆里，脚趾间满是谷粒，墙砖的背面是那个空空的马蜂窝，承载着我深深的回忆。

［停顿。

我必须停止回忆。回想过去的事情会使我成为一个好人。那样的话，我就容易妥协。不，奎特，哦，奎特，你为什么背弃了我们？

卢茨　我现在知道我们该怎么做了。我们必须谈谈自己，谈谈我们每一个人究竟是怎样的。正如我有的时候想在街上跳起来，却不会那么做。为什么不呢？今年夏天已经过去了，我坐在有挡光玻璃的办公室里，竟然没有感觉到是夏天。有时候我也会做傻事：把苹果坏了的地方一同吃掉；把车门关上，即便还有人坐在里面……诸如此类的事……如果这些还不够，总还有（对科尔伯－肯特）我们的小股东。他会告诉那个家伙，（奎特上）月亮从哪儿升起。

奎特　我想你们了，你们是不是也想我了？

冯·武尔瑙　奎特，今天早上我拿了一包面粉。你知道我已经有多长时间没拿过面粉了吗？我自己都不知道。那包面粉又软又沉，我手中既感觉到面粉的重量，又感觉到面粉软软的质地。我沉浸在一种恍惚的喜悦中。你有时候会不会也这样？

奎特　我宁可忍受最残酷的现实，也不能容忍最愉悦的非现实。

卢茨　（将话题引开）你妻子怎么样？

奎特　我妻子？我妻子很好。

卢茨　她刚刚看起来确实不错，脸色红润，就像刚打完网球回来。她使我想起我的妻子，她整天都在露台上陪孩子荡秋千。你知道，我们有一个智力有缺陷的孩子，一旦秋千停下来，他就大声哭喊。想象一下，她成天站在花园里推秋千。但是有时这也会给她带来乐趣。她说，这能使她平静下来。与身边的妇女们比，她感到自己比她们强。她们除了命令别人做家务之外，什么都不会。对不起，我一直在谈论自己的事。

奎特 我喜欢成天指手画脚的女人。

冯·武尔瑙 我知道，你喜欢听故事。我给你讲一个。

奎特 故事长吗？

冯·武尔瑙 非常短。一个小孩子来到商店里说："六个
面包，一份《图片报》，三盒咸饼干棒。"

奎特 接下来呢？

冯·武尔瑙 这就是这个故事。

　　〔停顿。

奎特 这个故事很好。

冯·武尔瑙 （忽然伸开双臂紧紧抱住奎特）我就知道你
会喜欢这个故事。哦，我知道。平时我不敢去碰别
人，但是今天我一定要碰碰你。（把奎特夹克里的衬
衫袖口拽出来，抓住他的手）我早就注意到了你的
脏指甲，现在我得为你清理一下。（用自己的指甲清
理奎特的指甲，退后）我不知道我是怎么了，我最近
如此怀旧。还记得我们当工人的时候，去歌剧院舞会
的情景吗？我们围着红围巾，穿着紧身 T 恤、吊腿裤，
鞋上还沾着水泥灰。我们是怎样踩到女士们的高跟鞋
上的？我们是怎样在两腿间挠痒的？我们张着嘴傻傻
地看着周围的一切。我们要了克里米亚香槟，直接对

瓶吹。最后还把帽子推到额头上，唱着《国际歌》。

奎特　"克里米亚香槟"不是正式的名称，应该叫克里米亚起泡酒。

[停顿。

　　是的，按照我们的表演水平，也只能演自己，演不了别人。

冯·武尔瑙　你现在和他们一起做事吗？

奎特　你指什么？

冯·武尔瑙　你只考虑你自己。你手里掌控的市场份额让那些投机倒把的人有机可乘。他们就是我们的敌人——

卢茨　（很快打断他）不是这样。（对着奎特）最近一段时间我经常想到死。我遇到的一切事情在我看来都是死的征兆。当我在报纸上看到"下周三可以处理大件垃圾！"时，我马上觉得"大件垃圾就是我"。前些时，我去了一家乡下的烟草店，在那儿看到一份讣告，讣告下面是一只又脏又皱的皮手套。"不久后我也会跟这只手套一样。"想到这里，我的心里顿时袭来一阵凉意。

奎特　我最近在门厅里看到一个空塑料袋子，上面写着"燕麦喂养的新鲜鹅，产自波兰"。难道这也是一种征兆吗？反正当我看到这些字的时候，一下子觉得很安全。

卢茨 你就从来没有想到过死吗？

奎特 我不会。

冯·武尔瑙 （用拳头击打额头）我再也无法忍受了！我现在真想翻开一份报纸，看到"坏蛋"这样的字眼，这堆荆棘、污泥、泥潭、鬼火！

[卢茨用胳膊肘撞了他一下，他平静下来。

那些浮于泥潭上的鬼火，是在一个秋天，我们下了舞蹈课回家路上看到的。我搂着我亲爱的万姐，隔着衬衫我能感觉到她吓得直起鸡皮疙瘩。当我亲吻她的时候，一只野鸡在睡梦中叫了起来。亲吻，原本是个令人恶心的词。我们的嘴唇在接触，我毫无感觉，就像亲吻一块剥下来的树皮。

[停顿。

[瞅着卢茨。卢茨给他提词儿，用嘴做出"自然"这个词的口形。

为什么是自然？啊，是这样的！我想谈谈自然。它教会我感知，让我有了自我意识。房子、街道和我一开始只是同一个气泡中的白日梦，做梦的人和被梦见的东西都存在于这个气泡当中。做梦的人看到家里那堵墙壁立刻就被催眠入睡，墙壁上总是在相同的位置有些起伏不平。在睡梦中，墙壁延伸成一条弧线，就像每天经过的那条街道一样。做梦的人融入其中，把自己也当成了梦的一部分。梦中，我看到我身体内的一些黑点，难以解释清楚它们都是什么。正在这时，气泡破裂，体内的那些黑点扩展开来，飘出我的体外，成为一片一片的森林。直到这时，我才开始想弄清楚自己。不是房屋和街道所代表的文明让我去关注自己，而是自然引起了我对我自身的注意，是自然让我开始关注起自己。也就是说，只有通过对自然的感知，而不是通过对千篇一律的所谓文明之物的幻觉，我们才能开始对自己有真正的了解。如今，大多数人已经非常文明，他们甚至将自然之感视为向儿童幼稚世界的退化——尽管人们总是刻意让孩子们关注自然；有时候，这些文明人假装对自然充满感情，可一旦脱离了文明的假象，他们根本就无法接受自然。就算这些文明人身处森林当中，他们也不明白何谓森林。只有从自己设计、建造并出售的楼房窗户所看到的林子，才能给予他们一种自然的体验。你想不想问我，我到底在说什么？

奎特　不。

冯·武尔瑙　我想说，你那毫无顾忌的扩张破坏了我们的自然。曾经让我们陷入深思的大好山水被你肆无忌惮地变成了耕地。在老城里，你那些封闭的商场就像是没有去掉引信的炸弹。每天都有一个新的分店落成，它们千篇一律，唯一的区别就是各个分店的缴税账号不同。你甚至拿这些缴税账号宣传你所谓的公益事业，或者直接把这些数字做成屋顶上闪闪发光的招牌灯。

奎特　是个好主意，你说呢？

冯·武尔瑙　你的所作所为正好符合那些无知民众想象中的企业主形象，可是这毁掉了我们的声誉。

奎特　或许我毁掉的不是我们的声誉，而是你们。

冯·武尔瑙　你既不懂得尊严，也不懂得羞耻。我家屋后的粪坑让你掉进去都有些可惜。我想用吸墨纸把你捂死！谁在我面前提到你的名字，我就要撕烂他的嘴，亲手把他的舌头拽出来。等一下，我现在就踩你的脚。（踩奎特的脚，奎特没反应。冯·武尔瑙鼓起两颊，扇自己耳光，又咬自己的手背。他用拳头打自己的脑袋，忽然又忧虑地理了理头发）你太让我失望了，奎特。可惜，你曾经是所有人中我最喜欢的，我们有那么多的共同之处。我一直还很钦佩你。每做一个决定之前，我都会想，要是奎特，他会怎么做？（大喊）

鼠辈！叛徒犹大！为了 20 个银币……

奎特 圣经里写的是 30 个。

冯·武尔璐 我说 20！

奎特 （对着科尔伯－肯特）是写着 30 个银币，对吧？

科尔伯－肯特 对，是 30 个银币。根据最新的研究结果，

　　是这样……

冯·武尔璐 （大叫）畜生！还没进化的畜生！

　　[卢茨把手放到他的肩膀上。

　　　　我曾经梦到我们一起变老了。每天我们坐着观光

　　马车穿梭在城里，一边游览一边打牌。难道这一切只

　　能是个梦吗？让我们停止争斗吧！奎特。那会多么美

　　好！就我们四个人，如果我们想把塔克斯女士算上的

　　话，就是五个人。那时，其他人都已经放弃了，只剩

　　下我们。我们是如此强大，也不必有什么约定。这些

　　在散会后帮我们穿大衣的人能够帮我们经营生意。我

　　们之间不要再相互倾轧了！

奎特 是我倾轧你们。

　　[冯·武尔璐大吼。

奎特 这么着有用吗？

冯·武尔璐 用钉鞋插入身体的软处。理解我吧！我现在

　　究竟是谁呢？脑子里一片混乱！我真想对你张开大口

咆哮。你有面包吗？

奎特   你饿了吗？

冯·武尔瑙   我就是想用手指捏碎什么。我的大脑挤压着
我的脑壳。其实是一种舒服的感觉！这就是人的动物
性。（对着卢茨）现在我什么也不说了。（对着奎特）
我特别想和你互换角色，你这个奸商。另外，这会儿
你太太又要来我们这里了，不是吗？说点什么能让我
笑的吧！亲爱的赫尔曼……

[停顿。

[挽起奎特的胳膊。

你知道吗，就我的岁数都可以当你父亲了。让我
们一起去钓鱼吧，做父亲的总是喜欢带儿子去钓鱼。
在雷雨来临前，顺着小溪往上游走去。我希望自己现
在酩酊大醉，这样才能想起过去的事情。（从奎特的
臂弯里收回手臂，大叫）顺便提一下那些溪流，都
被你的塑料怪物给毁了，美丽的自然景区里到处散落
着塑料物。在这些塑料制品上还能看到"环保材料"
的字样，可惜自然环境早已不再。满眼看到的也就是
地上各色的霉菌、蜷缩的树叶上厚厚的煤烟灰尘，还
有在那冒着泡沫的水中漂起的鱼肚。当孩子们有机
会看到真正的成熟的大西红柿时，你知道他们会问什

么吗？他们的问题是：这是塑料的吗？我曾亲眼看到
一个小孩子在乘坐欧洲特快列车时宁愿站着，因为座
椅不是塑料的。让我们停止这种扩张和增长吧！赫尔
曼！要不我们只生产环保的产品。要补救的东西还有
很多。只有这样，一切才能恢复原样。

奎特　你们早就已经停止扩张增长了。另外，你说得对，
在我所生产的产品中，真正可以利用的部分，规格越
来越小。这也就是说，我们可以通过这种手段提高产
品的数量，扩大销路，明白吗？我绝对不会止步于现
状。我觉得所有的东西都有它可利用的地方。一切都
能与众不同。你们也能做到。只是你们不再有这个
能力。

冯·武尔璐　（离开奎特）你不想理解我们。

奎特　我是理解你们的。如果我们中的某个人变得有人性
或者在谈论死亡，你知道这意味着什么。我们的感觉
会在第一次受到惊吓后转变成具体的方法。

冯·武尔璐　你针对我们所干的一切，我姑且不称之为背
叛。可这不是背叛又是什么呢？是没有诚信？是奸
诈、不可靠、虚伪、阴险狠毒还是不仁不义？

奎特　这些字眼都是用在下属员工身上的。对我们这些自
主创业的企业主来说，我想应该称为经营作风吧。

冯·武尔瑙　现在我真的无话可说了。在你面前，我只想把手指插到喉咙里呕吐。（把手指插到喉咙里，离开，但是很快又回来）我要缠着你。（离开，再回来）你这个令人扫兴的家伙！（离开，又回来）我的口水吐到你身上实在是可惜了！我要张嘴吐满你全身。（照做，离开，又回来，很生气，做了个可怕的鬼脸，最终离开。）

　　　　〔卢茨想说些什么。

奎特　我知道你想说什么。

卢茨　说来听听。

奎特　是真的，我没有遵守我们的协定。

卢茨　你一定不是故意要破坏契约的。

奎特　那难道是我把它给忘了？

卢茨　也许不是忘了吧，而是没当回事儿。

奎特　我为什么一定要把它当回事呢？

卢茨　（笑）行啊！还是那么嘴硬……

　　　　〔停顿。

　　　　　对不起，打断你了。你本来想说什么？

奎特　没什么，该说的都说了。

卢茨　总得辩护几句吧。

奎特　你先骂骂我吧！

卢茨 你肯定非常不幸福。

奎特 为什么呢？

卢茨 身处窘境时，人们只知道想着自己，没有别人。我自己也是这样。

奎特 别拿我跟你比。

卢茨 看到了吧！你的眼里只有你自己，甚至不愿和别人相比。你的境况一定不怎么样。

［卢茨一直下意识地用拇指和食指做出数钱的动作。奎特抓住他的手。

奎特 你这么说是想表示你的强大，对吧？从你开口跟我说话起，就一直在做数钱的动作。

卢茨 那好吧。现在我来说说对你的看法。

奎特 且慢！也许你在说话的时候脑子里想着别的东西。

卢茨 这没有什么可怕。当我开始说话时，都已经想好要说什么了。我不是结巴。（对着科尔伯-肯特）他让我们亏了本，倒把自己的市场做大了。我并不是反对他的做法，只是他至少应该跟我们协商决定啊！不过，我对他的做法还是不太赞成。他从自由市场上招聘了一些刑满释放人员，然后承诺要给他们提供一个大家可以互相沟通的环境——什么意思呢？他把这些人封闭集中起来让他们生产某一类产品，只付给他们很少的工资。正如他自己刚刚承认的，每一类产品的规格越来越小，但用的包装大小却不变，以至于顾客误以为他们买的都是同样规格的产品。通过这种方式，他的产品价格看上去没有发生变化，但却导致我们必须调高我们的价格。他经营药品时给医生提成，前提是这些医生开处方时都开他的产品。他生产的儿童商品，定价都不会超过孩子们一般所拥有的零花钱，这也是我们事先约定好的。但是，他又特地生产出两种不同的产品，加起来的价钱正好是我们约定的价格。这样一来，孩子们当然愿意购买。因为，在孩子们看来，用同样的价钱买到两样商品肯定比买一样划算。（对着奎特）还有，你用廉价的原材料剽窃我们的昂贵产品；你的产品尽管标着有效期，可是往往还没到有效期就已经没用了，除非是那种非常耗电的三星级冰箱，使用寿命稍微长点儿。有的产品上标着"推荐价格"，价格前面甚至还标有国徽上的老鹰图案，看起来好像这个价格是官方正式推荐的一样。你把价签做得大而醒目，以至于人们都以为在你的商店买东西比别处便宜，实际上跟别的地方差不多。奎特，我们都面临着灭亡的结局，曾经的价格观念让我们面临困境。我们深受其害，步履维艰。你在竞争中的卑鄙手段真是让我们不寒而栗。我现在情绪还算稳定，也许这正是下一次暴风雨来临前的风平浪静——如果你再次违反我们的协议，我会崩溃的。我看到天上下起冰雹，于是惊慌地用双手护住脑袋。奎特，我害怕暴风雨，因为我没有那遮风挡雨的资本"大衣"。我曾经尝试着大量裁员，以精简公司的人事结构！奎特，你毁了我们制定的统一价格！你把价格压到了战前的水平！一切都完了。每天都有一种产品被迫退出市场，导致市场上同一类产品越来越少，市场越来越单一。之前取得的成绩都是白搭，曾经傲人的销售业绩不复存在。我不知所措，绝望至极，走投无路。（对着科尔伯－肯特）我是父母唯一的孩子，我出生时就让人面临两难，最终我被保下来，可我的母亲却死于难产。四岁时，我能用湿黏土捏成钱币形状。七岁时，为了挣钱，我采摘花朵卖给附近的病人。在学校，我被大家称作"数钱能手"。我父亲说我是个理智的小伙子。而他对财富有某种畏惧心理，亲戚们都这么说。我参加第一次圣餐仪式时，神父说过，如果我们今后有什么愿望，只要坚定信念就一定能实现。在回家的路上，我一边回味着圣餐仪式上的教诲，一边低头寻找——我和全身的每个细胞都坚信，我会捡到一枚渴望已久的硬币。（对着大家）然而从那以后，我对上帝产生了怀疑。（对着科尔伯－肯特）从此我保持理智，并且越来越理智。人们都这样评价我：我是个非常务实的人。但现在一切都完了，彻底玩完了！我不再相信任何事情。奎特破坏了我们制定的统一价格，毁掉了我们的理智体系，我们还应该遵守什么呢？这是怎样的一个时代啊？还有什么规则可依？到最后我也会胡作非为！

［停顿。

　　我曾经做了个梦，梦见自己不停地奔跑，只有这样，放在我胸口上的那张大钞票才不会掉下来。就像我现在不停地在说。我真希望一头栽进洗脸盆中溺死。

［卢茨下。

［科尔伯－肯特想跟卢茨走，但又折回来。奎特来回踱步。

科尔伯－肯特　（垂头丧气）奎特，我一点也不羡慕你。我也可以像其他人一样谈谈自己，但那不是我的风格。我从来不谈自己。我很骄傲自己已经很久不以自我为中心进行思考了。我不再局限于考虑自己，而是乐于为别人着想。

[停顿。

　　奎特，我真是同情你啊。同时我也为你担忧。不
久前我看到一幅画，那是一个画家为他垂死的妻子画
的肖像。由于高烧，他妻子的瞳孔变浅，虹膜泛白。
失色的眼睛使得眼圈发黑，界线分明，死神的拉拽使
黑眼圈更加明显。那双眼睛好像对着观看者露出惋惜
的神情。画家在妻子的瞳孔上画出了一笔仍存生气的
叹息——这是我的理解。据说第二天早上他的妻子真
的离开了人世。

[舞台后面传来"砰"的一声巨响。

　　这是什么声音？

奎特　汉斯在干活。他拔瓶塞的技术不太好。每次打开料
酒瓶都会有这样的爆炸声。

[停顿。

科尔伯-肯特　你难道一点也不害怕死亡？

[抬起头想盯着奎特看，奎特却正好站在他后面。

奎特　我在这呢！

科尔伯-肯特　（转过身来）在死亡面前，你难道不会由
于恐惧而迅速地抛开一切？

[奎特离开他，背对着他站着。科尔伯-肯特又一
次低下头，闭上双眼。

有人曾经跟我讲了一个梦，他梦见自己如何死去。梦中，他坐在一个雪橇车上，自言自语道：我要死了。他说完便果真死了，之后有人把他放进棺材，正要盖上棺盖，就在那时，他忽然开始畏惧死亡，他不希望自己被埋葬。他在棺材里惊醒，心脏剧烈地跳动。实际上，他本人病得很严重，是那个噩梦把他逼上死路的。所以说，他死亡的原因就是一个梦。（很大声地）你看，在睡眠中死亡一点也不平静，反而会是最恐怖的，让人饱受惊吓。

［奎特一直漫不经心地来回走动，然后站在科尔伯-肯特面前。

奎特 （小声地）是吗？

科尔伯-肯特 （很是吃惊，直愣愣地看着奎特）我还知道别的故事——

［舞台后面清晰地响起了扭转钥匙和门把手的声音。

将死的人不会盯着某一处，总是往别处看，好像这样能拖延死亡的时间似的……（认真听着）刚才是不是有人转动了门把手？但为什么我没听到门打开的声音呢？

［停顿。

有一次，我吃饭的时候对面坐着一个人。他突然

不理性的人终将消亡

站起来整理桌子。他把餐具摆放好，用餐巾擦拭玻璃杯的边缘，并把餐巾放进银环中，然后就倒地死了。

奎特 （心不在焉）面包怎么掉地上啦？

科尔伯-肯特 我说的是那个人倒地死了。（害怕地）你也害怕死亡吧！

奎特 （心不在焉地抓挠着裤子）真讨厌，干洗的时候没有把裤子上的污渍洗干净。啊？我听着呢！

科尔伯-肯特 这个死者在临死之前还在笑着！（舞台后面很明显地传来了两三下脚步声）但由于害怕死亡，他死时露出的是下排的牙齿，而不是像一般人那样露出上排的牙齿。一般来说，一个小矮人死了，没人会注意，因为这就像是植物的代谢过程。但是，一个健全的人死去，就显得很怪异了，你可以自己想象一下！（倾听）为什么他不继续走了？刚刚绝对有人在走路。

奎特 我听您讲话，就好像又一次回到了双颊圆滚的童年时代。带着您对死亡的恐惧赶快走吧！现在所有事情对我来说都是可以想象的，一切都无所谓了。

科尔伯-肯特 什么？你说什么？

奎特 刚才只是地板发出了噼啪声。

［保拉出现，她穿着连衣裙，脸上遮着面纱。奎特一看见她，就慢慢拉下裤子的拉链，然后又拉上。舞台后面发出盖子盖在硬物上的啪嗒声，声音很大。

科尔伯-肯特　正如我刚才所说的，我能一眼看出人的命运。（指着奎特）上唇的细小唇线……（注意到保拉来了）是您！太好了，您来啦！或许您可以……（尝试着用一个词来表达）怎么说来着？

奎特　祝贺我？

科尔伯-肯特　不是。

奎特　恳求我？

科伯-肯特　很像……不过还不是。

奎特　钻到我的胯下？

科尔伯-肯特　（恐慌起来）噢，上帝啊！到底发生了什么，我想不起来那个词，我想不起来那个词！我该怎么办？日食啊，快出现吧！地狱之火，从地下喷涌出来吧！

［奎特走向保拉，并对她耳语。

保拉　（大声地）"死亡恐惧"？（对着科尔伯-肯特）您要让他产生死亡恐惧心理？为什么？难道您认为他会把市场还给我们吗？

科尔伯-肯特　（大声地）我很了解自己。我曾经看到很多人死在战壕里!

[奎特叹了口气。

科尔伯-肯特　（很快平静下来）我耽误您时间了?

奎特　当然没有。

科伯-肯特　（大声地）我能看出别人的病症。我知道您
为什么老是耸着肩膀走路。赫尔曼·奎特,不久你[1]就
会感觉到死亡的沉重。如果你还是照旧晃动着胳膊,
来回地交叉小跑,你就会面临死亡,就算你一点都不
惧怕死亡!（退后几步。汉斯出现了,他戴着厨师
帽,仔细听着）你无法想象那个时刻,猛地一阵,你
会剧烈地感觉到将死的恐惧。由于害怕,你连唾沫都
不敢咽,口水在你嘴里变酸。你的死亡比任何想象还
要可怕,它伴随着刺耳的尖叫声。我知道那情境。伴
随着刺耳的尖叫。(科尔伯-肯特倒退着,不小心撞
到了汉斯,惊叫。科尔伯-肯特快速下场。汉斯下。
奎特和保拉长时间对视。)

奎特　如果你再这么凝视着我,我对你最后的那点感觉也
会消失。

---

[1] 神甫在这里改变了对奎特的称呼,不再用企业主之间的"您",而是说
"你",回归到他自己的本职身份。

保拉 我赢了。

奎特 为什么?

保拉 因为你先开始说话了。

奎特 现在该你说了。

保拉 我爱你,一如既往。(笑)

奎特 为什么笑?

保拉 因为我已经能够把它说出来了。

奎特 我要它有何用?

保拉 你还真是做作啊!脱口而出的真心话,你竟然要放弃。

奎特 顺便说一下,我可没给你机会。

　　〔停顿。

　　　　看来我必须再次熟悉你。

　　〔从上到下打量她。

保拉 我不是那种人。

奎特 谁又是那种人呢?

　　〔停顿。

　　　　我很累!每跨一步,我都感觉自己的身体要落在后面了。我不需要你了。刚刚看到你的时候,我确实高兴了一阵,可慢慢又失去了兴趣。这就是说,我对你的兴趣已经没有了。

〔保拉笑了。奎特和蔼地看着她，直到她止住笑。

保拉　你说的话本来应该让我很心痛才是。但是听到你说
　　　话的声音，又感到十分受用。

奎特　你变了。你紧张得喘不过气来。以前你抒发感情
　　　的时候，总是信心十足。现在为什么不行了？别再假
　　　扮怨妇的角色！你只有保持本性才会激起我对你的热
　　　情。（嘲讽地）你怎么一个人在这儿，而不是和他们
　　　一起？你就这么一个人跑来对我说这些没谱的话？难
　　　道你觉得这样很有创意吗？我头疼。另外，我更喜欢
　　　你穿裤子的样子。

保拉　你的想法也让我很头疼，特别是你的生活方式……

　　　〔奎特拍拍她的胳膊。

　　　　你拍我的感觉就像个指挥家打着音乐节拍……

　　　〔抚摸他。

奎特　你摸得我好痒啊！

保拉　啊，那是因为你不想去享受它。

　　　〔奎特的妻子走进来。她穿的连衣裙和保拉的一模
　　　一样。她注意到这一点，愣住了，然后离开。

保拉　现在你也抚摸抚摸我吧！

〔奎特抚摸她，然后走到一边。

保拉　就这么一小会儿啊！

〔奎特走近她，又抚摸了一会儿。

保拉　噢，好。

〔停顿。

现在来说说你吧！

奎特　（显得很活跃）这几天我一直很渴望诉说。

〔停顿。

这一点，我刚刚意识到。

保拉　请你看着我。

奎特　我不想看着你。

保拉　你觉得我怎么样？

奎特　没什么变化。

保拉　以前我不太了解你，总觉得你又冷酷又狡猾。我有
　　一次听别人说你是这么评价我的：那个金发女郎，就
　　像一个妓女。

奎特　人们总愿意对这种事嚼舌根。

保拉　我现在说出来了，你们又会怎么评价我？

奎特　别对我说"你们"。

〔保拉把手放在奎特肩上，突然掐住他的脖子。奎
　特让她掐了一会儿，然后才甩开她。

不理性的人终将消亡

［奎特的妻子换了另一条裙子进来。她在一旁默默地看着，把拇指放在嘴里，无声地窃笑。奎特坐在躺椅上，低着头。保拉蹲下，想抱住奎特的头。他用脚反踢了她一下。她摔倒在地，然后哼着小曲站了起来。他又把她推倒。她还是哼着曲子站了起来。他还想推她，她却哼着曲子避开了。

奎特　你那假惺惺的巧舌，你那可笑的胯骨。

保拉　（把裙子提起来）看，我的大腿在抽搐。看到了吗？走近点看。

［奎特小声嘟囔着。

保拉　走近点。

［奎特把手放在保拉的大腿上。

［保拉依偎向他。

［停顿。

奎特　现在你可以消失了吧！（退后几步）

［停顿。

　　　你的眼珠一直在转动！你嘴里的唾液都要流下来了。

［转过身去。

［停顿。

保拉　我要走了。什么都无济于事。我会把公司卖给你。

奎特　（看着她）附加条件由我决定。

保拉 答应我，不要我一走就清盘。

奎特 给自己买顶帽子戴吧！它能给你安慰。

保拉 我现在知道自己为什么这么喜欢你了。因为你说话
的时候，我可以美美地想其他事情。

奎特 明天这个时候，情况也许就会好了，或许更糟。即
便这样，你也会安心的。

〔保拉突然伸手抱住奎特的妻子，然后放开她。离
开时，保拉给了奎特一个诚挚友好的飞吻。

保拉 别难过……

〔奎特把椅子扔向保拉。保拉下。

〔奎特的妻子走近了些。他们面对面站着，沉默不
语。少顷，舞台上的灯光发生了变化。起初艳阳高
照，而后两人头顶飘过了几片乌云。蟋蟀发出的啾
啾声、远处传来的犬吠声、大海的浪涛声、一个孩
子在风中的叫喊声、礼拜日的教堂钟声纷纷响起。

〔舞台上空飘浮着毛茸茸的树种。城市的灯光逐渐
亮起，昏暗的灯光中出现奎特夫妇两人模糊的身
影。一阵飞机飞过的声音，很近，声音慢慢变小。
舞台上的灯光恢复先前的状态。

〔寂静。

不理性的人终将消亡

奎特妻 （小声地）你看上去让人难以接近。

奎特 都是回忆惹的祸，我刚才正在回忆往事。让我安静地待一会儿。我还没回忆完。

　　〔沉默。奎特微笑。他坐到躺椅上。奎特妻子走近他，他用脚轻轻地碰了碰妻子。

奎特妻 干吗啊？

奎特 没事，没事。

　　〔躺下来，闭上双眼。

奎特妻 （叹气）唉！

奎特 （自言自语）一切都完了……

奎特妻 那你准备做什么？

奎特 （自言自语）停下来。毁灭。（看着妻子）这真是奇怪，一看你，我就有新的想法。

奎特妻 我想说说我自己。

奎特 又要说？

奎特妻 你会认真听吗？

奎特 你问我的这段工夫够你说半天啦！你洗头发了？

奎特妻 对。但不是为你而洗的。我感觉不舒服。

奎特 那就叫喊着寻求帮助吧。

奎特妻 我要是喊着要人帮忙，你一定会讲个故事，讲你自己有一次也需要帮助的故事。

〔停顿。

〔断断续续地笑了几声，好像是想到了什么好笑的。

〔奎特没有反应。

奎特妻　帮帮忙啊！

奎特　你至少要喊两声。

奎特妻　我喊不出来了。

奎特　（站起来）那就别生事。（转过身去）

奎特妻　（在后面机械地给他拍去头屑）你已经有了打
算。我不可以长时间地盯着你看，否则我就知道你要
做什么了。

奎特　你想要什么？我有红润的脸庞、热血沸腾的身躯，
我的脉搏稳健地跳动着，每分钟八十下。

〔停顿。

奎特妻　我的眼睛好痛。由于悲伤痛苦，我都忘记了眨眼。

奎特　今天吃什么？

奎特妻　香菇炒牛里脊。

奎特　噢，好，不错。今天吃什么？

奎特妻　你刚刚问过了。你怎么这么心不在焉？

奎特　（自言自语）我为什么心不在焉？因为所有的办法
都试过了，已经没有别的办法了。可最后我们还得努
力试试，不能只是空想。对了，你刚刚已经说过了，

不理性的人终将消亡

今天吃香菇炒牛里脊——我现在才听明白。我怎么这么心不在焉？亲爱的，我要和你说点事儿。

[停顿。

[她看着他。

奎特妻　别，别说出来。（退后几步）

奎特　但我必须向某个人诉说。

奎特妻　（又退后了几步，捂住双耳）我不想听。

奎特　（跟着她）很快你就会知道了。

奎特妻　别说，请你别说出来。

[转身下场，奎特紧随其后。

[寂静。

[停顿。

[奎特妻子缓缓地倒退着回来，然后又缓缓地下场，看不到她的脸。

[基尔布冲了进来。汉斯戴着厨师帽跟在后面。基尔布拿着刀，来回跑着。

基尔布　我现在就杀了他。无所谓了。反正我孤身一人。没人会付给我钱，他们也不会。这是我们最后的出路。别还嘴。（注意到并没有人在场，所以把刀子收了起来）他不在这儿。那我刚刚算是预习了一遍——

走进来，直接冲向他。一！二！无语的场景，只有一堆破折号。一句话也不用说，怎么想就怎么做。

汉斯　您一定要再试一次。

基尔布　为此我必须再一次集中注意力。如果我还像现在这样心烦意乱，我想，那一切可能都是别的样子了，包括我自己在内。这种感觉真不好。让我一个人待会儿。

汉斯　但是请你先看看我，现在我终于找回了自我。过去大家经常这样说我：这个人一直忍气吞声，但终有一天他会勃然大怒，把一切都毁掉。这一天到了。我走了，我要把肉煮得嫩嫩的，心里想着，这是给自己煮的。让奎特先生听天由命吧——他相信命运。我现在会克制自己了，并且很好奇，将会发生什么。我的大脚趾发痒，这是一个好兆头，我要脱胎换骨了。

基尔布　为什么？

汉斯　大脚趾发痒就意味着应该回忆过去，而一个会回忆往事的人才称得上是真正的人。我要做的事就是回忆。

有一段时间，我和本我抗争，

因为我希望，自己能去做梦。

我把做梦学起，为了能让自己和琐事脱离。

学习，学习，于是我的双眼学会了紧闭，

剖析，剖析，心中之事更加清晰。

不理性的人终将消亡

过去，有人看我的手相，

他说，我能改变世界的模样。

而现在，我至少要开始改变自己。

［汉斯像对待一个沙袋一样击打气球。气球爆破。
汉斯下。

［基尔布集中注意力，他支起板凳，小心翼翼地合上
钢琴盖，然后整理那些摆放不整齐的东西。奎特上。

基尔布　还没整理好。

奎特　您又来了。

基尔布　我们很久没见了。

奎特　还不算久。前些时，我发觉自己好像曾经做了件错
事，但又不记得做错了什么。于是我马上断定，这件
错事无关紧要。可是后来我又想起来了，这还真不是
一个小错。我是在和您打交道的过程中犯了个错。

基尔布　请别说了。

　　［停顿。

奎特　基尔布，我很高兴您能来。您注意到了吗？我是说
"我很高兴您能来"，而不是说"您来了，我很高兴"。

基尔布　现在别假装对我友好的样子。

　　［停顿。

[奎特一直看着他。

基尔布 干吗看我?

奎特 我只是太困了,懒得往别处看。您至少坐下吧,让我不要看着你那么累。

[指了指躺椅,示意基尔布坐下。

基尔布 我不坐那儿,躺椅太深,坐下去让人起都起不来。

[奎特自己坐到躺椅上。

基尔布 像您这样把手插在裤兜里坐下去,更不容易起来。我碰到危险的时候,从来不把手插在裤兜里。

奎特 基尔布,没有别的办法了。我是唯一幸存下来的人,而其他一切都不存在了,这种感觉让人很不舒服。其实,作为一个幸存者感觉应该很不错,但是我对此没有自信,我脑子里整天想到的就是无限空旷的屋子里到处都充斥着垃圾。试想一下:电话不再响了,邮递员不再来了,街上再也没有嘈杂声了,只剩下呼啸的风声把梦吹跑——整个世界已经毁灭了,只有我还不知道发生了这个大灾难。我只是一个灵魂的躯壳。我所见到的一切只是事物的影子,我所想到的一切只是幻想。一绺头发散在我的头上,我吓得要死。下一个时刻就是我最后的时刻,我的死期已近。刚刚在我这儿还有一个气泡,现在却没了。我知道我的时代已经结束了。保拉刚才说得很对。

基尔布 很对。奎特，您的存在就是一个错误，就像现在您的灵魂还在运作。

奎特 安静。现在只有我可以这么说自己。（拍着一个小球，看着基尔布）四目相对的时候，眼里只有恐惧，它们害怕变成别的东西。（停顿）我再也不会草率鲁莽了。所谓潜意识里的失误其实也是一种管理方式。就算是潜意识里的梦境，也还是希望能够解梦。我再也不做无语的梦了，梦里的画面像每天的日程表一样，有条不紊地转换。早上醒来，我发现我在梦里所说的话对自己完全没有影响。现在的梦，再也不像以前那样，能让我恍然大悟。（小球跳得越来越远了，不见了）唉，真遗憾……（站起来。基尔布走近了些）这躺椅果然凹陷得很深。如果要我定义自己，我觉得自己真的很糟糕——作为一名企业主，身穿英国精纺西装，上衣口袋里塞着方巾。他怀着悲痛的心情坐着自己的私人飞机，飞机尾气扫过工人的住所。机舱里的扩音器播放着古典音乐大师们悠扬的管风琴乐曲——突然，音乐停止，声音关掉，炸弹随之引爆。一切都自然而然地发生了。但是，我对每个符合逻辑的结局都感觉既没谱，却又无比肯定。

基尔布 有道理。因为您想继续活着。

奎特 小人物都觉得自己很重要。

基尔布 可不是吗？他们还能有什么？

奎特 没错。可不是吗？这句话说得好。我还一直沉浸于梦中的角色。拥挤的诊室里坐满了那些靠医疗保险接受医治的患者，我会幸灾乐祸地从医生身边走过；餐车里，当一个陌生人站在我桌旁时，我连看都不看他。这是为什么呢？大家都在扮演着自己的角色。有一次，走在大街上，突然觉得我的脸好像不是自己的……

基尔布 又是以前那个关于面具的老故事。

奎特 对，但现在是当事人亲自讲述。我的肌肉上箍着一层死皮。整个肉体麻木无比，内心深处才是我应该存在的地方——只有那里还有些轻微的颤动，还能让人感觉到些许湿润。快点让电车从我身上轧过吧！这样才能让我不再戴着面具生活。我想，我不再躲避迎面而来的电车，这样才会露出我的本来面目。但现在这张死皮就是我真实的脸面。

基尔布 您讲的这些故事相互之间有什么关系？

奎特 我事先对自己一无所知。在叙述的过程中，我才想到了自己经历的点点滴滴，这些东西自然而然地串到了一起。我现在要告诉您，地狱对我来说是什么。地狱就是那些所谓的廉价物、便宜货。天黑的时候，我跌跌撞撞地走进一家餐馆，菜单上列的每道菜其实都和别的餐厅一样，只是价格要便宜一半。但最后我发现这里做的菜其实和其他餐馆不一样：肉还没解冻就直接放进锅里煎；土豆是周一做的，放了好几天了；蔬菜则像是打翻了的罐头食品；餐巾纸显然被人用过；另外还有那块带静电的桌布，惹得我手指上的汗毛根根竖起。我紧贴着桌子，前后左右都坐满了人。透过缝隙唯一能看到的是窗户上的牛眼形玻璃，窗前的盆栽花在暖气的热风中微微摇摆。我想，只有奢侈的生活才让人舒坦。只有极其奢侈的生活才是人应该过的，简朴低成本的生活完全没有人性。

基尔布 这么说，您的产品的价格是最低廉的。

奎特 您这么说有啥意义吗？是冲着我来的？我就是那个让自己都会感到害怕的人，到现在我已经受够自己了，可我又难以释怀，总想着自己。这件事就像是只活鼹鼠一样，怪异又好笑。我感觉周围的人看我的眼神就像看着一块伤疤旁边的结痂，但我内心的自我意识仍然十分强烈。是的，我内心的自我意识很强烈！有一次，我怅然若失地坐在阳光下。太阳照着我，我却一点也没感觉到，觉得自己就像在空气中四处游荡的行尸走肉的影子一样。但是那起码还是我啊！是我，是我！我绝望至极，没有预想也没有回忆，感觉像失去了记忆。每一段回忆都很零碎，就像一段不和谐的性交记忆。这种麻木感令人痛苦万分，这就是我，不仅仅是我，整个世界都如此。当然我也会探究原因。这是为什么呢？为什么会出现这样的状态呢？为什么不是故事，而是状态？一切有条件的需求都满足了，但我却找不出这些"为什么"的原因。剩下的就是一些绝对的需求了。有一次，一个小孩子说："我好无聊啊！"他得到的回答是："那就玩些什么吧，画画、读书，做些事情。"小孩说："我做不到，因为我很无聊。"（一直从兜里往外掏东西，拿在手里看了看，又放回兜里）你刚刚说我的灵魂还在运作？（笑）我愿意随便讲讲我自己。我再也不想做一个有意义的人，也不想做一个有行为能力的人。五月的一个夜晚，我都快冻僵了。您看，这些都是我的照片。在所有照片上我都显得很开心，其实根本不是那么回事。您知不知道裤子穿反了是什么感觉？有一次我很幸运，我去拜访一个人，他住在租来的公寓里，我们在谈话间隙中听到了隔壁冲马桶的声音。这声音让我觉得充满乐感，我顿时幸福无比！噢，真让人羡慕，他们可以在午后时光躺在租住的公寓里美美地眯一觉，厕所里还有抽水马桶潺潺的声音。我渴望能够住在这样的地方——地处城郊，高层公寓楼，楼下的电话亭夜里还亮着灯光。我走进机场旁一家旅馆，在那儿简单住下。为什么没有一个能够让人脱胎换骨的机构？想想以前打开新买的鞋油盒，那感觉可真好！我还想起买火腿三明治、参观公墓、与人分享一些东西。有的时候需要一个人鼓励另一个人——这才是真正的生活！现在我觉得自己就是一个臃肿笨重、带着伤口的人。（说话时手握拳头支着下巴，小腿交叉站立）我感觉呼吸不顺畅，我不行了。您知道吗？我听到了一种声音，这可不是疯人臆想出来的声音——它既不是传教者的套话，也不是小学生独创的诗歌，不是一句话的哲理箴言，更不是流传下来的俗语，而是电影名字、大字标题、广告口号。"雨点敲打着窗户"，这声音时常在我的脑海里回荡，可是在我和别人拥抱的时候被另一个声音打断："你猜，谁要来吃饭？"或者"这里不让吸烟……"我敢肯定，今后我们这些狂人只能听到这些声音，再也听不到高度文明的超我之声："好好认识你自己"或者"你要尊敬父母……"一批妖魔鬼怪刚被解除魔法，另一批就已经站在窗前打嗝儿了。（停顿了一会儿）很奇怪，我现在说话很有逻辑，但是眼前却看到了一个湖，冬天的黄昏，湖面已经结冰了；又看到一棵小树，树梢上挂着一个瓶子；还看到一个胡子拉碴的中国人，站在门拐角处张望，现在他又走了。另外，我心里一直在哼着某种沉闷的旋律。（哼着某种沉闷的曲调。基尔布想说点什么）别，让我说完。您就站在那儿。我说话时喷唾沫星子吗？应该是吧！我能感觉到牙上有唾沫。但我要说的话还没说完。我过去经常想，在我的新西装还没做好前，千万别爆发世界大战！现在，在您和我断绝交往之前，我要把我的想法开口告诉您。很长时间以来我都没有兴致张开嘴说话。（突然紧紧抱住基尔布）为什么我现在说话这么流利？我宁愿自己是结巴。（弯下身子，更紧地搂住基尔布。基尔布蜷缩起来）我……想结……结巴……为什么我看东西这么清楚？我不想看到地板上这么清晰的纹路。我想近视。我想哆嗦。为什么我不哆嗦呢？为什么我不结巴呢？（腰弯得更厉害了，基尔布也随之弯得更加厉害）我曾经很想睡觉，但是房间实在太大，无论躺在哪儿都会失眠。这房子对我一个人来说实在太大了。

哪儿是可以睡觉的地方呢？小点儿的房间！小点儿！

[奎特弯得非常厉害，以至于基尔布开始呻吟。他继续使劲，刚刚的呻吟声停止了。基尔布倒在地上，不再动弹。奎特交叉着两臂。

[停顿。

我闻到他身上有股香水味。

[停顿。

那时候，我穿着刚缝好扣子的衬衫，何等惬意啊！

我的衬衫撕破了。太好了！这件衬衫我穿了好长时间了，一撕就破。

[停顿。

[大声打嗝儿，整个房间都能听到。

[长时间的停顿。

[又一阵打嗝儿声。

[奎特奔跑着，头撞向岩石。又站起来，继续撞向岩石。过了一会儿，他又站了起来，再一次撞向岩石。他最后一次站起来，撞向岩石，倒地不动了。舞台灯光逐渐消失，只有几处还有亮光：面盆里的面已经馊了，冰块正在融化，大气球已经瘪皱，岩石还立在原处。一个水果箱滚下来，好像滚过了好几级台阶，停在岩石前。一块很长的灰色地毯从

岩石后铺展开。水果箱里、展开的地毯上，群蛇
蠕动。

——幕落

（1973 年）

形同陌路的时刻

一部舞台剧

付天海　译

"别吐露你所看见的东西；就让它留在图像里吧。"

（多多纳[1]神谕宣示所箴言）

---

[1] 多多纳（Dodona），古希腊神话中主神宙斯的古神殿，位于希腊的伊庇鲁斯。

十余名演员和戏剧爱好者

舞台是耀眼灯光下的一块空旷场地。

一个人飞快地跑过场地，表演开始。

又有一个人从另一个方向同样跑过场地。

接着两人呈对角同样跑过场地，各自身后都跟着一个人，彼此保持很近和同等的距离。

[停顿。

一个人从场地后侧走过。

他一边独自走着，一边不停地用力张开十指，伸展并缓慢地举起双臂，直到在头顶上形成拱状，继而又把它们放下来，同样从容不迫，就像他自由自在地走过场地的样子。

他消失在后面的小巷之前，边走边造着风势，大张开两手将风扇向自己，同时相应地将脖颈后仰，面朝着天，最后转弯走下去。

当这人转瞬间又以相同的节奏出现时，另一个人从舞台中央迎面朝他走来，并且边走边无声无息地打着拍子，先是用一只手，继而另一只也参与其中，最后从场地拐进另一个小巷时，他的整个身子都跟随着拍子的节奏晃动，就连步态也娴熟地融入节拍之中。

他像前者——他在后场以均匀的步调进进出出，继续竭力造着风势，发出光芒——一样，亦步亦趋地转过身去，一而再，再而三，跨着大步走过场地，一个劲地打着拍子。这时，在舞台前面又有四个、五个、六个、七个人相继入场，从左边，从右边，从上边，从一个看不见的栏杆或桥梁上跳出来，从下面，从一条沟里或者一个胡同口里钻出来，形成一支浩浩荡荡的队伍。

他们也在场地上跑来跑去，在上面一哄而散，离开场地，立刻又跑回来，独来独往，各自"表演着自己拿手的东西"，不断突然变换着形体和姿态，似真似幻：由立定到跳跃，立刻又是过渡状态，再说神情几乎一变不变，突然改变方向，拍打鞋面，伸开双臂，将手遮在眼上方，挂着拐杖行走，轻声踏步，摘下帽子，给自己梳头，拔出一把刀，空中挥拳舞来舞去，回头张望，撑开雨伞，梦游，突然倒地，随地吐痰，沿直线练习平衡，跟跟跄跄，蹦蹦跳跳，行进途中身体旋转一周，轻声哼唱，发出呻吟，用拳头击打自己的脑袋和面部，系紧鞋带，顺着地面短暂打滚，在空中写来画去。所有这一切混乱不堪，无始无终，只是在筹划中。

转眼间他们又消失了，台前那些，场地中央那个，还有最后面那个。

[停顿。

一个人穿过场地，眼睛看都不看场地，他是个钓鱼人，正在前行的路上。

随即有一个裹得严严实实的老妪，同样穿过场地，身后拖着一辆购物车。

她还没有完全走出人们的视线。这时，只见两个头戴消防员钢盔的人冲了上来，手臂上挎着软管和灭火器，与其说是在执行紧急任务，不如说是一场消防演习。

紧随其后的是一个球迷，走起路来神情恍惚的样子，正在回家的路上，离家还很遥远，腋下夹着一面烧焦的小旗，旗子在他行走时开始逐渐脱落。后面又跟着一个身份不明的人，肩上扛着一把梯子，然后有一个穿高跟鞋的美人紧随着他登场，超过他时蹭上了梯子，可两人对此都没有在意。

[停顿。

一个玩轮滑的人从场地上疾驰而过，转眼间没了踪影。

一个地毯商装扮的人，肩上扛着一摞地毯，佝偻着身子，弯曲着双腿，不时驻足歇息，跟在玩轮滑的人身后横穿过场地，行走在拜访客户的途中。

他依然艰难地拖着步子走去。这时，一个牛仔或牧马人装扮的人与他擦肩而过，每走三步就抽着响鞭，同时和对方一样各走各的路。

此间，同样有一个赤脚女人从远远的后方穿过场地，她走走停停，双手掩在脸上，行进中将双臂垂下，嘴里含着一根手指，咧着嘴傻笑，吧嗒吧嗒地拖着脚兜起圈子来，一副弱智的样子，或许她就是刚才穿场而过的那个美人吧。与此同时，在场地最前方，有两个年轻姑娘紧随着这个赤脚女人，她们登场时手挽着手，一瞬间突然变成一对侧滚翻运动员，不一会儿又悄然不见了踪影。

随之，有一个人像穿插进来的场地守护者，拐来拐去地走过场地，从一个圆桶里大把大把地往外撒灰，有一个罕见的老者当随从。这人高高地昂着脑袋，上面顶着一只硕大的摇篮，连同一个相应的纹章，两个拳头扶着它们，小心翼翼地迈着步子，如同走在钢丝上似的，随后干脆松开双手，让那玩意儿自由地在头顶保持平衡，同时慢慢地开始蹦蹦跳跳，最终成为一种自信的表演。

几乎与他同时，还有一个地方商人打扮的人急匆匆地走过去，他在穿越场地时将自己的一串钥匙（也许是汽车钥匙？）塞进兜里，把另一串大些的钥匙（房门和店铺钥匙？）掏出来，边走边拨弄出合适的那一把来，并且拿着它朝着自己的目标退去。

紧跟着，有个身份无法确定的人出现了，就像是尾随着他跑过来似的。这人在场地中央停住步子，又慢慢转过身去。

［停顿。

耀眼的灯光下，场地上空空如也。

场地高高的上方有一架飞机，一会儿是飞机的影子？

然后又是先前的状态。

一阵尘土飞扬；一阵烟雾缭绕。

一名身着制服的人从舞台一侧阔步穿场而过，随即又从另一侧返回来，手里拿着一束花，随之走捷径消失了。

一名滑板爱好者拐来拐去避开某种想象中的障碍，然后从滑板上一跃而下，将滑板夹在腋下，不紧不慢悠然自得地退去，与先前那个玩轮滑的人没有什么共同之处，转眼间被一个身穿大衣、头戴礼帽的剪影所替代。当这个行者脱帽向四周频频致意时，后者身上不时掉下叶片来；当他要解开大衣纽扣时，前者身上刷刷地落下碎石和细沙来，最后还有几块石头砰砰地滚落下来。

相反，这个身影湿漉漉的人，他此间已经沿着完全不同的轨迹穿过场地，浑身上下水淋淋的，仿佛是一个乘船遇难者，他弯曲着双膝慢慢地移动过来，逐渐夸张地直起身子，然后便踉踉跄跄地从图像上消失了。

取而代之的是此刻走来的一个年轻女子，一身轻便的工作装，手里的托盘上放着几只咖啡杯，划起一道弧线穿过舞台，之后便拐进一条小巷里。

有一个马路清洁工同样走过去，沿着另一条路线，推着放有扫帚和铁锹的小车。

［停顿。

灯光下场地空空如也。

一声寒鸦的尖叫，犹如人们会在深山野林里听到的那样。

此后又是一只海鸥的叫声。

一个戴着盲人眼镜的人摸索着走进来，手上没拿拐杖，在场上四处瞎摸，然后茫然若失地站在那里。与此同时，在他周围，四面八方不时地充斥着一种插曲似的热闹情景：一个跑步的人踏着沉重的脚步突然从他身边跑过（他已经跑了很久）；一个人慌慌张张地飞奔而去，不时回过头来张望，他身后有个人穷追不舍，冲着他挥舞拳头，把他当一个小偷在追；一个人作为露台服务生登场，打开一瓶酒的瓶塞，用手指将瓶塞弹过场地，随之又退下场去；又是先前那个推着购物车的老妪，身边跟着另一个几乎同样装束的人，只是购物车不同而已；同时有一个人骑着山地车，一再从车座上抬起身子；同时还有一大帮人迈着大步，一个接一个走过场地，他们身上的旅行袋随之晃来晃去，就像有时候年轻人在火车上从一节车厢涌向另一节，或者一个球队下了巴士赶往赛场时那样；又有一个人行走时翻阅报纸，头抬都不抬一下，绕过那个在场地中央好像侧耳倾听的盲人。这时，一个陌生的面孔从拐角处奔来，从盲人身后抓住他的肩膀，挽住他的胳膊，拽着他穿过场地中央退去，盲人头也不回一下，退场时小心仔细触摸对方塞到自己手里的书。

在这两个人刚刚站过的地方，此间又一个漫游者在走动，穿着长长的风衣，背着显得不合时宜的背包，脚穿钉有铁掌的鞋子，如此一心只想着赶路，就连在场地上中途歇脚的念头都没有。他夸张地甩着一只胳膊，仿佛要在甩动中抱住一个想象的腰，然后又同样甩动起另一只。

其间一个打扮时尚的年轻女子横穿过舞台，一手握锤，一手拎着一把打开的折尺，嘴里衔着几枚铁钉。

［停顿。

一张报纸从场地上翻卷着飘过，接着又是一张。

一辆遥控玩具车突然从一个角落里冒出来，在场地上猛地冲来冲去，继而又快速驶离。

一只五颜六色的风筝摇摇晃晃地落下来，拖过场地，然后像那张报纸一样被吹进那条小巷里。

一根跌落在什么地方的铁棍发出的声音久久地回荡着。

一声雾笛。

一声短促的不可名状的尖叫，然后是小鸟儿叽叽喳喳的啾唧，接着一阵嗒嗒的脚步声，就像一群孩子欢快地从街道上跑过。

一个醉汉东倒西歪地斜穿过场地后侧进入灯光里，先是嘟囔着什么，然后号啕大哭，继而发出尖锐的喊叫，最后就是龇牙咧嘴，咬牙切齿。

一队机组人员提着各自的行李穿过场地，沿着他们好像事先确定的路线走去，后面跟着一个小丑，紧随着他们，做着鬼脸，亦步亦趋地戏仿着他们，亲吻着他们的脚印，然后伏在地上仔细倾听，最后爬着退去。

在这期间，场上什么地方又冒出一个年轻女子，行进中她从一个袋子里取出一沓照片来，一张一张地仔细观看，停住脚步，露出微笑，笑得越来越起劲，始终沉浸于同一张照片中，继续走去，直至看到迎面走来一个与她同喜同乐无法言状的行人，她立即收起笑容，戴上面具拐进那条小巷里；而对方则继续微笑着走过场地，片刻间，那个小丑画着小弧线翻着跟头闯进来，随之又消失的小丑戏仿着他的模样，随之又消失了，于是那微笑在脸上堆得更满。

一个人从空间深处阔步疾速地走过来，像个年轻的实干家，一身相应的行头，行进中突然停住步子，手猛地伸进上衣兜里，接着翻出其他口袋，先是把兜里的东西倒在手里，然后放在小手提箱上，最后再将它们一个接一个地塞回去，小心翼翼，一丝不苟，十分庄重：色彩鲜艳的手帕、游戏色子、一个空鞋油盒（以此弹击出一种丛林鼓声）、一个扇贝、袖珍计算器、钢制短棍、苹果、女式长筒袜、心形胡椒蜂蜜饼、鞋带、一沓零散的钞票、信用卡夹和照明手电。

然后他像先前登场时一样又急匆匆地退去，提箱子的手同时还拿着苹果。

那个马路清洁工又拿着扫帚一路清扫走来。这时，他把那些纸扫到自己前面，可它们立刻又飞到他的身后，他越是朝着一个方向扫去，就会有越来越多的纸片反方向从他左右两侧飞过，无论他怎样一再折回来，反复从头开始；他毫不放弃，左右清扫，就这样向前走去，一刻也不停顿，最后消失在视野之外。

终于又有一个美人走过，在她出场的这一刻，她垂着眼睑，看样子，她意识到四面八方的眼睛都盯着她，便故意装成这样——一副漠然置之的样子——，她穿过舞台中央，仅仅从眼角不时投去一瞥，只是让人可以预感到：没有猫的尖叫，没有从扩音器里传来的打嗝声，没有突然而至的喇叭声，也没有从小巷里猛地传出的犬吠——戏仿？——此时此刻，也不是缠在她双腿之间的纸片，那突然从天而降的瓦块干扰令她不安，更不是那片刻间从一条小巷里直泼遍她全身的水柱；只是在退场时她才又睁开双眼。

一个身着时装的姑娘端着咖啡托盘绕着大圈走来，同时一个乞丐装扮的人坐着当完别人画像的模特后横穿过场地，边走边数着盘子里的钱币，随后将一切统统塞进大衣兜里。

然后两个身份不明的人从不同方向穿过四方形场地，其中一个手里拿着一本书，另一个手里拿着一块面包。

他们齐头并进时，彼此都不看对方一眼，其中一个翻开自己的书，另一人则啃起自己的面包。

看书的放缓了脚步，吃面包的同样如此；然后看书的抬起头来向后张望，啃面包的则左顾右盼地退场。

空空如也的大场地上灯光明亮，除此之外什么也没有。

另有两个不明身份的人出现了。

其中一个停住步子，抬起头来，像是到了目的地，环顾四周，深深地呼吸着，点了点头，另一个则不断地向他挥手示意，一而再再而三，最终他从容地转过身去，保持距离跟随他而去。

在这期间，后台响着铃声，一个骑车打扮的年轻人走着。

一个裹着头巾、穿着胶鞋的女子横穿过场地，她拖着一只喷壶，旁边有一把枯萎凋谢、近乎腐烂的花束，她将花束高高地扔到场后。

紧接着，不知从什么地方又来了一个几乎同样装束的女人，名副其实的老太婆，手里拿着一把镰刀，一捆干树枝，还有一只盛满野蘑菇的提篮。

　　第三个女人，身份不明，几乎同样的装束，沿着第三条路始终如一地在走动着，她两手空空的，脊背和脖颈深深地弯曲着，面朝地，几乎原地未动，所以在她身后另一个漫游者赶上来，放慢步子，一而再再而三，仿佛那小道过于狭窄而无法超越似的，与此同时，他平静地遥望着远方，毫不理睬近在咫尺的那个人。

　　在这两个几乎一直在原地踏步的人对面，走来一个厨师装扮的人，看样子好像是在短暂的工作间隙出来透透风，迅速地抽上几口烟，随即又不见踪影了。

　　又一个人十分吃力地从拐角走来，肩上扛着沉重的渔网，而那个漫游者在退场时捧着飞入自己衬衫里的一只飞虫在亮处看了看，并且放它继续飞走。

　　打雷了，接着又是一声。

　　一个女子跑过场地，又跑回来，怀里抱着乱七八糟的一大摞晾晒的衣物。

　　仿佛什么都没有发生过似的，一个叉开双腿的人大摇大摆地走过去，臀部和肩膀一个劲地摆动着，活像一个场地主人，紧跟其后是个场地小丑，小丑起初戏仿他，然后挽住他，先是挽住手臂，接着抱住腿——一条腿跟在他身旁蹦来蹦去，最后趴在地上，扮作哈巴狗围着主人狂吠不止，而这个只知道独自一人在这个广阔场地上的场地主人在他巡查的过程中也仅仅只有一次感受到了小丑的存在。

这期间，在一条侧道上，一座端直固定在一辆平板车上的雕像被拖过去，而在同样一条侧道上，又有一个人走过，并且捂住双耳要躲开从左右两边响起的警笛声。警笛声越来越大，最后升级为轰鸣的警报声（但随即又中断了）。

一个捕鸟人手提鸟笼，身着羽衣，幽灵般地从舞台上一晃而过。

望着捕鸟人的视线被像一小队伐木工人的东西挡住，他们扛着斧头和锯子走在上班的路上。

在他们身后，一个年轻女子鬼火般地从场上闪过，她瞪着大眼，一手掩口，然后放下来，发出无声的哭喊，周围随即响起一片似乎是正午麻雀的叫声，夏日燕子的唧唧声，还有其他一些叫不上名字的鸟儿的啾唧声。

一个球童装扮的人与这个年轻女子擦肩而过，继而又是一个日本人打扮的人，脖子上挂着一部相机，手里还端着一台随时准备拍照，他毫不理睬这些与他不期而遇的人，眼睛只盯着这个场地，随即将它固定在图像里，连同那个刚才默默哭泣着离去的女子，一个这次前面扬着帆的玩轮滑的人，一个取代了先前的厨师、又跟他一样出来透风抽烟的、转眼又很快离去的医护人员。紧接着，他又径直跑回去，那儿已经有人在招呼他继续往前滑。

两个人分别横穿过后场和前场，耷拉着脑袋，他们身上丝毫没有什么引人注目的地方，只是他们的行走有点匆忙。

［停顿。

场地空空如也，灯光闪亮。

呼啸声响起来，愈来愈强烈，汹涌澎湃的波涛声在场上激荡回旋，逐渐平静下来。

一个蒙着双眼的男子或者女子拐着小弯摸索着走出一条小巷，复而消失在另一条里。

一个人将手遮在眼上方，头顶一根仿佛忘记拿掉的羽毛从场上走过，而另一个与他迎面走来，目不转睛地盯着他显然刚刚包扎过的手。

两个跑步的人一前一后分别从不同方向疯狂地奔过场地，在咚咚的脚步声中，几乎撞到一起，既无问候，也无致意。

相反，这种情形却发生在两个骑自行车的邮差邂逅时，同样也发生在两个身着制服的巡防员相遇时，接着还发生在一男一女彼此擦肩而过时，当然几乎是隐蔽的，或者是秘密的。

一个人费了好一阵子从场地上拽过一叶蓝色的轻舟，里面有一个白色的身影，像木乃伊似的，可以让人预感到。

一个摆出一副逍遥的店主派头的人从一旁冒出来，如此久久地置身于观众的视野中，然后又退下去。

一小队漫游者呈对角线穿过场地，相应地有打前站的，有大队人马，还有那个孤零零的掉队者，他耷拉着脑袋，拖着沉重的脚步，任由场外人吹着口哨催促也不加快速度；他退场时甚至停住脚步，脖颈后仰，用手在空中比画着不同鸟儿的飞行动作，继续前行时将这一切都扇到自己的长袍底下。

在这期间，又是那个，或者是另一个美人飘然而过，挽着那个，或者另一个？场地小丑，小丑兴高采烈地跟在一旁一瘸一拐，蹦蹦跳跳，翻着跟斗；行进途中，她的身上闪现出巨大的亮光，从头戴的花环直到高跟鞋和那闪光发亮的饰物，在这其中，她透过一片硕大的、孔状树叶，如同透过一把扇子一样投去一个个目光；小丑则向这一圈人抛去飞吻，其中有一个黑衣修女走出来，面部遮着，一手提着一只塑料箱，另一只手里拎着一个包裹，在这两人身后去往别的地方。

接着几个身份不明的人在舞台上停留了一阵子，从一个行动奔向另一个。

一个人扛着一棵树走过。

一个人从地下，从深处冒出来，戴着下水道工人的头盔，接着又以同样的方式消失。

同样是从场地后侧下方，好像从沟渠里或浅井里又爬上来两个，看样子已经一起在那儿待了很久，他们沐浴在场地的灯光下，拥抱在一起，从那里开始不慌不忙地走着一个开放的螺旋形，一再回过头去张望着他们待过的地方。

一个匪徒装扮的人，两手空空地玩着手指，其间短暂登场，此刻又快速地折回去，两只手提着沉甸甸的购物袋，里面的蔬菜探出头来。

接着有一个被捆绑着的人，同样迅速地穿过，一个赤脚人，由两个身份不明的便衣押送着。

那个被捆绑的人在其短暂的被押解途中用眼光巡视了四面的观众，但是紧随其后的也许又是那个，或者另一个美人，她将观众的目光全都吸引到自己身上，她这次穿过场地时拖着沉重的步子，腹部高高隆起，像临产的孕妇，孤零零的，她手里拿着一封信，一边行走一边往信封上贴了一枚邮票。

这个和那个，老的和少的，男人和女人此后成了她的随从；他们也拿着各式各样的信件，将它们翻来看去，然后才给其中的一部分写上地址，封上口，再看一遍，端详着那些明信片，从不同方向奔往场外一个看不见的中心；这人两手空空地又返回来，去往别的什么地方；另一个朝着那条小巷的纵深走去，还有人回来片刻后又从后场钻入地下。

在这期间，舞台某个地方有一个人几乎一丝不挂，像一道闪电似的划过，又一个人身着工装走过前场，腰间紧束一根粗麻绳，肩上搭着一个海员背包，登场的瞬间卸下包，往里塞进一个硕大的地球仪。继续行走时，地球仪从包里向四周放光，而它的主人一路上兴致高涨，一再不停地说着一些令人无法理解的话语，这些话语逐渐消退为喃喃细语和窃窃私语。

两个猎手用一副绿色的树枝担架抬着一名同伴从场上走过。

接着有两个人干脆只是走动着，一个漫无目标，一个目标明确，其中一个在行进中从一个漫无目标的人变成了一个目标明确的人，而那个目标明确的追随者则突然失去了目标。

场地周围再次响起一阵呼啸。

一个像服务生的人在短暂地登台时，从一个桶里取出冰块在桶边磕成碎块。

［停顿。

明亮的灯光下，场地上空空如也。

一张纸片从高空落下来，宛若夏天里的一片树叶。

一声枪响，其回声不绝于耳。

一个人佩戴着一副阴森古怪的配镜器登场，像是从眼镜店里出来，试了试观看效果，又退下去。

别的地方有一个女子横穿场地，肘窝里挽着一只篮子，里面盛着早熟的苹果，在行走时拿出一个就啃了起来。

一个场地守护员，是同一个呢，还是另一个？刹那间拐进来，手执一根胶皮管冲洗地面。

有人高高地撑着阳伞，率领一个小旅行团登场，更确切地说，他们一个个佝偻着身子，一副乡巴佬模样，身着深色庄重的服装，多数年事已高，他们猛然停住脚步，仿佛面对场地上这赤裸裸的光线，不约而同地发出一片惊奇的呼喊。与此同时，他们个个都弯腰驼背，缓慢地在这个圈子里交头接耳，退场时又在领队默默的见证下，仿佛就是做给他看的，重复着这样的呼喊，而在他们紧闭的嘴唇里，呼喊变成了巨大的嗡嗡声。

又有一对男女从远处彼此迎面而来，其中男的立即垂下头来，而女的则一直昂首挺胸，就在两人即将相遇的时刻，男的突然抬头望着对方的脸，可女的却已抢先一步将头歪向一边。

两个美人，像是竞走运动员——运动项目——，身着相应的装束，一溜烟似的从场地上扭过。

一个女子，看样子像是成长中的现代商业女性，手里拎着一只透明的小提箱，里面的物品清晰可见。她边走边仔细研读一份卷宗，同时手里还夹着一部抽出天线的便携电话。电话顷刻间掉在地上，就在她不情愿地弯腰拾起电话之后，箱子又随之迸开，里面的物品全都撒了出来，在她骂骂咧咧地把散落一地的物品又收集起来之后，刚一迈出步子就打了个趔趄，对此她突然莫名其妙地微笑起来，继续行走时，她再次埋头于卷宗中，这种微笑便愈发明显，因为在她发出一声痛苦而愤怒的喊叫之后，她此刻才真的跟跟跄跄，跌跌撞撞，几乎跌倒在地；这微笑在退场时居然变成了大笑。

又是一个漫游者，一手拿着礼帽，一手拿着书，低垂着脑袋在走自己的路。这时，另外两个跑步者踏着步子跑过来，脚步声使得整个场地隆隆作响，他们在超越时就像把这个行路者夹住一样，将他手中那两样东西蹭到地上；

他们连头都不回一下，便上下晃动着脑袋扬长而去了。这个行路者此刻一本正经地啐口唾沫，弯下腰拾起东西，继续走自己的路，那个跑在后面的人突然举手致意，他也随即突然挥手回应致意。

当他依然逍遥地漫游时，在他的身后已经有一个土地测量员立起了测量支架，透过测量仪窥望，向场地对面那个看不见的伙伴急速地左右挥手示意，向对方竖起大拇指，转眼间已经又撤离了场地。

一个老者出场，手里拎着一把古老的大门钥匙，犹如一个稍纵即逝的边缘形象。

接着一个男子出场，有可能是先前那个日本人。他手里握着一根登山杖，背着一个白发妇人；一个小伙子手里握着一把用棕榈叶或蕨类植物扎成的掸子；有两三个人走过去时从军用水壶里喝着水；一个人装扮成刚刚从西奈半岛返回来的摩西，捧着刻有法典的石碑；一个人显得磨磨蹭蹭的样子，突然打起精神，并拢脚后跟行礼；一小群人身着白色和黑色的节日盛装，行进间不断有米粒从他们的头上和肩膀上滚落下来；又有一个美人，起初只能看到她的背影，突然间却面朝着我！转过身来。

同样是突然之间，一团东西从他们之中飞出来，冲到场地上，先是跳起踢踏舞，就像多声部的哀泣、怒吼、号嗨、哆嗦、尖叫，并且这样在场地上滚来滚去，最终真相大白，这不是许多生灵，也不是两个相互打斗的人，而不过是一个孤零零的生灵，处在死亡的挣扎中，然后终于挺过来了；这团东西舒展开来，旁边散落着那些在打斗中丧失的东西，那些鞋子。

那个阿谀逢迎的场地小丑跑了过来，戏仿那个垂死者的挣扎，直到最后抽搐。

一片寂静。

两个人跑过来，身穿白大褂，抬着一副担架：几下子就将尸首抬走，连同死者的遗物。

两个人，起初保持距离，成为死亡的见证人，此刻彼此纠缠在一起；他们相互攻击对方；彼此扑打着迅速离场。

接着，一个快乐而毫不知情的人逍遥自在地走过去。

明亮的灯光下，场地孤零零的。

场地四处又呼啸着，秋天一般。

一个园艺工装扮的人走过去，身后拖着耙子当节杖，上面有一袋干草，其中有几簇掉在地上。

一个残缺不全的马戏团——一个发布人、一个报幕女郎、一个看似玩杂耍的、一个模样像小丑，肩上还蹲着一只小猴，一个侏儒——绕场一圈，就像在圆形竞技场里一样，半路上似乎那个场地小丑也加入其中，瞬间在那里找到了自己的立脚之地，接下来又孤单一人，并且误入迷途。

又有一个美人趾高气扬地穿过场地，另一个紧随其后，迈着更快的步伐，突然冲向前去，在她前面那个美人的脑袋上狠狠地拍了一下，随即跑进旁边一条巷子里；前者则捂着脑袋，一动不动地站着。

还在她如此一动不动的时候，又有一名玩轮滑的人走过来，并不停地用滑雪杖助推着，在疾驰而过时一把抢走她的手提包，从而使她原地打起转来。

当她依然站在原地一动不动的时候，一个人拿着画架走过去，头戴黑色尖顶礼帽，身着十九世纪服装；一个戴着神怪面具，片刻间从一个小巷子里闪出来，两人擦肩而过时相互用脚传着一个球；又有一个老妇人走来，推着那辆熟悉的购物车，车里塞满了破破烂烂的塑料袋，此间行进中自然发出刺耳的咯吱声；一个人装扮成人猿泰山，在后方远处的空地上晃来晃去；一个人身着晨服，推着一个垃圾桶一闪而过；这个女的和那个男的再次出现在场上，正在前往发信的路上。

一个男子蹑手蹑脚地从后面靠近那个美人，猛然跃起用手轻轻捂住她的双眼，还没有等到她回过头来看个究竟，就抱着她的膝盖和腋窝将她弄出场外。

她发出一声深切的叹息。

一个人走过去，赤裸裸的手臂上戴满了手表。

两个或者三个人身着沉甸甸的深色防寒服，手提皮箱和木箱，遇到另外两三个人，这几个人路上一身轻，穿着五颜六色的夏装。

他们双方暂时被一辆在其中盘旋行进的橡胶轮胎电瓶车挡住去路，车上两个头戴鸭舌帽的人押送着一口棺材，那个场地小丑双手抱在胸前，扮作参加葬礼的吊唁客，跟在车后一路小跑；这两伙人随之直截了当地开始互换好像早已准备好的衣物，分别继续朝着各自的方向退去。

在这期间，不知从哪儿飘来一块面纱，接踵而来的是一个身穿新娘礼服的年轻女子，看上去显然是在试穿，找寻着，找到了，消失了。

就在场上此刻人来人往的时候，而且更多人都轻手轻脚，场地周围似乎再次响起了孩子们赛跑时发出的嗒嗒脚步声，同时也夹杂着特有的呼喊。

随意一个人此刻从另一个人旁边经过，愣住了，对方也愣住了，他们彼此凝视着对方的脸，彼此认出了对方，相互弄错了，都摇了摇头，远远地闪开道，又一次愣住了，回过头去相互凝视着对方的背影，摇着头各奔东西。

无独有偶，就在这两个人的身影尚未完全消失时，不知从哪儿又有一个摇头晃脑的人走着他的路，他摇得越来越慢，自然逐渐过渡到点头，再由点头回到摇头，由摇头重新过渡到点头，这两个动作越来越慢，一次比一次凝重，直到最后，这个像那个一样表达着同样的东西。

与此同时，他丝毫也没有在意那个身着华贵的东方长袍的老者；老者用手指向前方的亮光，领着一个衣衫褴褛、浑身沾满泥巴、几乎不会走路的男孩穿过场地回家去；他曾经迎着先前那个每向前跨一步又退后一步的人走来，并且把他当成自己丢失的儿子。在这期间，又出现了一个仆人装束的人，他怀里抱着一只羊羔，走在这几人前面。

他们刚一走进各自的巷子里，那个场地小丑或主人便又紧跟着他们，眼镜推在额头上，手指在翻一本类似歌剧剧本的东西，成为他们兴高采烈的戏仿者——他戏仿他们每个人，随心所欲，乱七八糟——离他不远还有一个人陪伴着，手里端着这个沐浴在灯光下的场地的微缩模型，木头或纸板做的；最后又有一个人加入他们的行列，一只胳膊夹着模特假人，另一只手里捧了一摞服装；他们很快退下场去。

明亮的灯光下，场地上空空如也，四周不时传来此起彼伏的惊涛拍岸声，像在一个小岛上似的。

一声旱獭的鸣哨，一声鹰的嘶叫。

一只蝉幽灵般的短促尖叫声。

两个人推拉着一辆小板车走过，车上斜放着一根柱子。

一个男子尾随着一个女子，刹那间，仿佛这两个人在场地后面迅速地兜了一圈，女子尾随着男子；她挡住了他的去路，于是他躲开，而女子又封住他的路，当他执意要过去时，他的披风被抓住了，他随之脱开身来，半裸着身子冲了过去。这时，又有一个人不知从什么地方走到近前来，这女子连看都没看一眼就直接将披风塞给了他；这个新登场的人迈着大步要赶上第一个人，这女子也紧随其后，半道上又遇到一小队精神矍铄的老年漫游者。

另一个独行老人迎着这伙人走来，同样拄着手杖，突然无缘无故地举杖攻击这些漫游者，对方也不甘示弱，立即挥杖还击，最终打斗成了一场持续多时的花剑比赛，直到独行老人将对手打得落荒而逃，自己又若无其事地继续赶路。

接着有好一阵子，仿佛只有老人在场上走来走去，他们各走各的，总是朝着一个方向，同样这些人，从这一边登场，从另一边离场，又从这一边露面，这样无休止地兜着圈子，时而像排起了缓慢前移的长队，时而像游行时身着长袍的显贵，时而像收获感恩节列队游行的庄稼汉，手捧禾把、葡萄酒花篮和缠系玉米棒子彩带，时而像老兵连同相应的一切，最后无非就是些零零散散的老人，各自为政，或硬朗或虚弱，此刻这样彼此要争个高低，随之又友好和善，这一个此时走到一旁去，其他人则继续兜来兜去，在场地边上，在各个边上笨手笨脚地走动着，一步一步地向前挪动，又一个从场地另一边离队，站在那里，为脑袋、手臂、双脚连同手杖寻找着一道墙，一块搁板，然后浑身上下突然战栗起来，神色则依然平静，当此刻从一个小巷里传来孩子的喊叫声时，这种神色显得越发平静，而且越发苍白。喊叫声此起彼伏，那是惊恐与哀怨的声音，甚至盖过了场地上随后出现的来来往往的剧烈嘈杂声，是些随随便便的行路人，其中还有一个漫不经心地控制着这个情景的电影摄制组；尽管这个地方显然不是拍摄地点，可它连同在场的人和过路客都是这个摄制组不可分割的部分；在这种如此突如其来的混乱与喧嚷中，伴随着孩子的尖叫声，地平线后那一圈老人中，最后那个圆脸人战栗地退下去，当然那样从容不迫，以至于在这不停的战栗中，每一个猛然抬头的动作都清晰可见，在这拥挤的人群中寻找着那个或许留意着他的人；一无收获（或者那不是他要寻找的双眼）。

伴随着这个插曲，立刻又出现了几个短些的插曲。这时，场地上一下子只有小伙子们来回穿梭，绕来绕去，交叉而过；转眼间只有男子；转眼间又只有女子。

接着，一个男的装扮成女的，一个女的装扮成男的，他们各自奔跑在场地上；他们奔跑时一件接一件地失去了各自的装扮，急忙把它们拾起来，继续跑动。

在此期间，一个人扮作小伙子走过，现在又折返回来，不是从步态上，而是从皮肤和头发可以看出是个老气横秋的人，在别的什么地方，那个孩子早就不声不响了，而两个年轻人却在灯光下漫步，他们也身着富有东方风格的长袍，亲如兄弟，其中一个用手指勾着一条大鱼，而又是在场上别的什么地方，埃涅阿斯[1]背着年迈的父亲穿过场地，手里拿着一捆正在冒烟燃烧的书卷。

　[停顿。

场地上闪耀着空空如也的光芒。

一阵摩托车的轰鸣响彻场地后方，却看不见摩托车手人影，之后，场地上方又响起了直升机螺旋桨的嗒嗒声。

随之又是一阵轰鸣，激荡回旋。

---

[1]　希腊神话传说中的英雄，在特洛伊城破后背父携子逃出，漂泊海外，历经艰辛，建立罗马城。

又有一个扮作捕鸟人的人走动在场地一隅，身上穿着不是用羽毛，而是贝壳制成的衣裳，走起路来叮当直响；他提在手里的鸟笼空空的，敞开着。

一名身份不明的人紧随其后，手塞在高高鼓起的大衣下面，捕鸟人频频回首向那人张望，而对方就像是踏着他的脚步节奏亦步亦趋，重复着每一个弯弯曲曲的动作。

这人在追随时啃起一个苹果来，一包婴儿尿布从他大衣里露出来。这时，这个贝壳人才又望着前方，甚至在行进中轻松无忧地转起圈来。

转眼间身后这个人已经到了贝壳人跟前，将他的两手绑在背后，用尿布包狠狠地砸向他的脖颈，致使他栽倒在地，待在那儿一动不动。于是他咔嚓咔嚓地嚼着苹果，挥舞着手中的尿布包离去。

就在这个被击倒的人用痉挛般的拳头攥着鸟笼，朝着那人的背影匍匐追去时，又有一个漫游者登场，头上顶着一截被雨水冲刷得光溜溜的树干，树根朝上；他环顾四周后放下树干，一屁股坐在上面，树根朝下权当凳腿用。

他摊开一张地图。这时，几个扮作士兵的人突然冲进场地，追逐了一阵子，人变得越来越少，然后从相同的方向又追逐过去，最终原地仅仅只剩下一个，变成了一个逃犯，上气不接下气，脑袋前后晃动。随即他出人意料地张开双臂，仿佛到达了目的地，悠闲地绕着同一地方转了一圈，然后凑到这个坐在树墩上的人跟前，举起手来，就像是在接受两小队人马夹道欢迎似的：一队拉着一顶贝都因[1]式帐篷，另一队推着一辆平板车，车上放着一个破裂成许多块的纪念碑；这个漫游者此时脱下鞋子，从里面倒出碎石和沙子，并让它们透过指缝漏下去。

在这期间，一个孕妇装扮的女人再次登场，推着一辆装满东西的超市购物车，现在由一个男子陪伴，这两人在灯光下慢慢停住脚步，尽其所能如胶似漆地拥抱在一起——女人同时还将车子在原地推来推去。

然后两人继续走去，女人此刻头顶一只用白布盖着的篮子，男子推着车子跟在她身后保持距离。这时，又有一个人昂首阔步穿过场地，伸开的双臂上捧着一个建筑模型：这次不是那个微缩的空空如也的场地，而是一座一人多高的传统迷宫，这个行走的人边走边试图描绘这迷宫。

就在他这样比比画画地舞动着退去时，下一个人登场了，又是一个扛着一卷地毯或狭长地毯的人。可是那地毯此刻对角摊开铺在场地上，形成了一条田间小路，连同土黄色的车轮印和中央一条草带；这两个先来的人不假思索地上

---

[1] 中东沙漠地区的游牧民族。

前去帮忙，将小路尽头踩踏实后才又坐到自己的位置上。

这个扛地毯的人干完活后在路边盘腿坐了下来，与另外那两个人隔开距离。

作为第一批过路客，亚伯拉罕和以撒已经走过去，父亲跟在儿子一步开外的身后，一只手搭在儿子肩头上推着他前行，另一只手握着祭刀藏在背后；[1] 后面跟着一对身份不明的夫妇，忽然摇身一变成了国王和王后；跟着的那个"年老的放高利贷者"，片刻间又变成了一个蹦蹦跳跳的舞者；跟着那个《正午》中的英雄[2]，走着走着停住脚步，变成了一个拄着拐杖的行者、打响指的人、敲着节拍的人、空中挥舞的指挥家、摇头晃脑的人，继而又出人意料地变成了一个心态平和的写作者，凭着那个从腋窝下抽出的记事本，然后又变成了一个魔术师，将记事本塞回去，用魔法从水晶中变出一个圆球来，它瞬间将全场的灯光都束在一起；与此同时，又是他自己，随着纸袋一声清脆的爆裂，它又失去了魔力。

［停顿。

---

[1]　亚伯拉罕和以撒都是《圣经》中的人物，以撒是亚伯拉罕的独子，亚伯拉罕受指示准备献祭以撒，在最后时刻被阻止。
[2]　指美国经典西部片《正午》（*High Noon*，1952）中与匪徒决斗的主人公。

场地上灯光明亮，依然是那些人物，或坐在树桩上，或坐在路边。

这时，场地四周响起一种像是鱼儿翻滚时发出的噼啪声，一阵巨大的嗡嗡声响彻上空，像是夏日的蜂群在飞来飞去。

一个人慌慌张张迫不及待的样子，拎着一只公司代理的箱子，闯入那块空地上，突然又平静下来，悠闲地走到一侧，走到那个坐在路边的人跟前，坐在他的旁边。

以撒安然无恙地返回来，亚伯拉罕两手空空地跟在后面，显得疲惫不堪。

他们先后坐下歇息，父亲将头埋在儿子怀里。这时，又有一群孩子穿过，看不见他们的影子，却可以听到接连不断的呼喊。一个人跪着靠近，然后一跃而起，拍掉身上的尘土，随便就站在什么地方。

又有一个人扮作场地小丑蹑手蹑脚地走过来，挨个儿自下而上地打量着场上每个人，随后又踮起脚跟退回后场。在这期间，一个"书呆子"装扮的人登场，不断用手往摊开的书本里扇着光线，就这样在场上走来走去。一个人沿着第二条道蹦蹦跳跳地走进来，仿佛踩在从河中浅滩突出的石头上，此刻在河岸上停住脚步，扭头张望。沿着第三条道又走来一对舔着冰激凌的老年夫妇。

片刻间，场上不再有人走动，每个人都停住脚步，同时都停止活动，站着，坐着，卧着；随后登场的也莫不如此：两个像摔跤手的人彼此盯着对方兜圈子，寻找机会要撂倒对方，突然又平静地走开了；一个人以胜利者的姿态高举双臂登场，但立刻又把胳膊垂下去；一个人跑步进来，胸前别着一个号码，待站定后号码随即从他身上脱落了；一名女子刚迈入灯光下时像是起死回生的幽灵，继而成了翻跟斗的女子，然后成了人群中一个不再引人注意的身影；一个人肩头和帽子上落满了雪，几乎已经走过去时才停住脚步，并且坚定地拐向场地中央，此时他摘下帽子，抖去积雪，脚步越来越轻，步子也越来越小。

　　最后还有一个身着蓝色学徒工装的身影跟跟跄跄地走到场上，正忙着让一个车轮滚过去——或者那不是一个圆形花窗吗？上面镶着沙特尔的蓝色彩绘玻璃，光线照在里面又折射出五彩缤纷的景象——，半路上又跟那玩意儿一起掉头，已经空着手走回来，在其他人那里寻找自己的位置，当然找了又找，结果未能如愿以偿——，越是找不到位置，他就越显得慌乱，最终那个化名场地主管或主人的场地小丑断然给他在场上什么地方指定了一个位置（向来还没有一个人如此找不到自己的位子），随之那个帮助他的人摘掉面具，成为与所有别的人中间地带的"我不知道我是谁"。

[停顿。

场地上依旧灯光明亮，那些主人公都依然悉数在场，或保持距离，或彼此紧紧地挨在一起，有躺着的，也有站着的，有蹲着的，也有正襟危坐的。

场地上又回荡着轰鸣或呼啸声，接着是对角向后面持续不断的咋舌声，像是湖面结冰时发出的响声，接着是远处蟋蟀单调的唧唧声，之后一片宁静。

接下来的情形交织了好久：他们个个都吓了一跳，同时战栗不停，一阵又一阵，然后是惊醒，再就是猛地一动。

一个扇着自己的耳光。

一个邀请一个女子坐到自己腿上，她即刻就坐在男子身上。

一个把自己的外套当礼服用。

一个给另一个擦鞋，一个男子靠在一个女子身上寻求支撑，一个愤怒地在地上抓来抓去。

一个看样子像等候的人有了一个共同等候者，第三个也凑了过来，扮演着这两个人的等待。

一对男女将手放在对方的生殖器上。

一个剪去自己额前一缕头发，一个在行走时撕碎了胸前的衣襟，一个跺着脚磕掉沾在鞋上的狗屎，一个女的向另一个扔去一把钥匙，接钥匙的人向前蹦了一步。

一个走过时拉扯着另一个。

一个趴在地上，将一只耳朵贴近地面，然后换作另一只。

一个看样子要放弃等候，正要走向一边时，却被另一个弄回自己的位置。

一个在寻找什么，先是弯着腰，然后趴在地上；一个和他一起寻找，如出一辙；第三个加入其中，碍手碍脚的；别的什么地方也有一个人自个儿开始寻找起来。其间第一个找寻者找到这样或那样的东西，举在灯光下仔细查看，发现那根本不是自己想要的；其中一个共同找寻者重新找到了本以为早已丢失的东西，对着它又是亲吻，又是爱不释手。

一个用军用水壶向躺在地上的另一个人额头浇水。

一个扮作培尔·金特[1]的人在台上走来走去，剥着他的洋葱。

场上这些人越来越多地相互打量着，不，是相互观望

---

[1]　易卜生剧作《培尔·金特》（*Peer Gynt*）中的主人公。

着：这个突然大发雷霆、大吵大嚷、狂奔肇事的人却因为这纯粹的观望而平静下来了，而那个突然放声哭泣的女子和那个悲戚地吹口哨的男子也同样如此；只要你每次观望，同时也是接近。

同样的情形也是，大家索性都待在这里，有人用眼睛观察，有人用耳朵倾听，他们就这样相互观望着，又分别转换成对方，如此穿过整个广阔的场地。

一个带着识别记号，先是鲜花，然后是图书，再就是照片，穿过这一个个队列：一个接着一个摇头，惊呆，接着才是真的摇头，终于出人意料地出现了无声的肯定和笨手笨脚的拥抱。

同样如此，两个共同继续寻找的人把脑袋撞在一起，一个从地上稍稍地掀起另一个，跟这个喘着气的人一起喘着气打转转，对方也在不停地急促喘息。一个女子抚摸着一个男子，她同时向他做出鬼脸。

他们再次悉数在场，眼睛眯得越来越小。

乌鸦的嘶鸣和犬吠，同时还夹杂着隆隆的雷声。

狂风大作，在场地高高的上方，一阵雷声和哗啦声，而下面的人却纹丝不动。

接着在这情景周围，响起一片纷繁嘈杂的号泣与悲鸣，这儿出自一个孩子，那儿出自一头大象，再远传来的就是一头猪、一条狗、一头犀牛、一头公牛、一头驴、一条鲸鱼、一条蜥蜴、一只猫咪、一只刺猬、一个乌龟、一条蚯蚓、一只老虎、一条蟒蛇发出的声音。

然后出现的无非就是它们各种各样的颜色：有衣裳，有头发，还有眼睛。

一个此间观望着另一个。

两个人分别将双手伸进对方腋窝里取暖；一个面对这个对他心怀好意的人吓了一跳，因为他看到的是自己的双影人；一个出于绝望寻找着那个观望他的人，并且在找到后能够扮演对方的状态；一个盯着每一片缓慢飘落的树叶，只要叶片落到地上，他都大吃一惊。

所有人用他们的身体在场地中央共同构筑起一个露天台阶，那个躺在台阶最上方的人突然挺起身来，顺着台阶拾级而下。这时从众人脚底深处传来一阵钟声，几乎难以预料，时而细弱，时而圆润，时而遥远，时而很近，时而纯正，时而扭曲。他们个个一跃而起，将手搭在大腿上，俯身倾听着这钟声，有人心醉神迷，有人面露愠色，有人喜形于色，也有人痛苦不堪。

在这钟声中，有两个身着非洲盛装的身影在场地后面用篙撑着一只看不见的船划过来，只有上身露在上面，桨板清晰可见。他们停船后不声不响，使劲地挥动着双手邀请大家上船。

没有人应邀上船，尽管一股冲动先后猛地吸引着几乎每一个人，使他们向往那个方向。

他们掉头划去，那些海底深处的钟声仍在继续鸣响。

在最后的时刻，那个身着蓝色学徒装的人要冲着他们的背影狂奔而去，但几乎同时"扑通"一声栽倒在地，因为有人给他使了绊子。

钟声停息，梦境结束。

一个挥手示意，然后又有一个，接着还有一个加入进来，最后全体都挥舞着手臂。

［停顿。

场地，灯光，一个个轮廓。

一个年事已高的老者眼睛睁得圆圆的，其余的人也慢慢地转向他，接近他，从远处观望他。

他突然向这一圈人微笑着。

一片寂静。

就这样，他好像马上就要开口说话，开始兴致勃勃，上下挥舞双手，举起指向苍天的双臂，快速耸了耸肩膀，左摇右晃着脑袋，无声无息地演练起双唇，微微隆起鼻翼，向上拱起眉毛，其间甚至拧起腰扭起胯，这样来勾勒出自己演说的过程。

就连那些站在最远处的人也注意到了。

那些观望者中有人好像事先揣透了他要说的话，连连点头，并跟着他一起拼读，此时他已经哼唱起来，可以说刚一哼起来，便一而再再而三地重复着，而且采用各种不同的音高。

他突然停止哼唱了，好像终于要开口说话了，可是他依然一声不吭，不知道说什么是好，就这样在众目睽睽之下。

一个女子走近他，手里捧着一捆襁褓权当新生儿，将它放到他那伸展的双臂上，而老人低头看着眼前，抬头仰望天空，突然欢呼雀跃，没有说一句话，只是结结巴巴，高声哼唱。

那些观望者中有人又点着头，仿佛每听到一个句子都要点一下头似的；有几个已经起身，点着头从他身旁走过去。

当然，只有场地中心这个老者拍起手来，这样才能形成一个共同的队列，绕着场地一大圈，一次又一次，他又发出几声支离破碎的欢呼，随后也怀抱婴儿融入开拔离场的队伍当中。这期间，从襁褓里传来一阵持续不断的叽叽喳喳声，越来越强烈，像是来自一个被遗弃的鸟巢，随之周围再次响起的呼啸也加入到这个声音之中；此前一个同样的老妪还给这个老者按摩了太阳穴，好像为了使他思维敏捷。

接下来一切都进行得很快：就在那个离别时再次漫步穿过田间小路的热带稀树草原之后，这条路就被卷起来了；那个树桩也在大家走过时的手推和脚踹之下滚到台后去了；那个回头张望的人走到场边时再次踌躇不决，被身后那个一脚踹在屁股上，这样催着他继续走去；那个伸手去抓落下来的叶片时，也是在奔跑中完成的；那个仿佛被脚镣绊住的人越发快速地冲向前去。

当他们向四面八方散去时，场面就变得清晰可见了：有人退去时愤怒失望，伸着舌头，吐着唾沫；有人又高兴又失望，耸耸肩无可奈何；有些人以为摆脱了梦境而更加显得轻松，另一些人则依然深陷其中而不能自拔；有人号啕大哭，有人哈哈大笑；有人在离别之际亲吻地面；有人出发之前给自己在空中勾勒出路线，酷似比赛前的障碍滑雪运动员；有人中规中矩地在场上助跑；有人手指叉开，好像蓄势待发的举重运动员，随即已经携带着自己的全部家当溜之大吉了；同样清晰可见的还有每一个各奔东西的人，随风飘舞的夏装，被什么东西吹拂，一片碎纸，一个塑料袋和一团煤烟粉尘——在此期间，难以确定，在场地那边，从许多别的场地，传来一阵燃放烟火的响声，汇聚成和弦，又逐渐消逝。

[停顿。

明亮而空空如也的场地，沐浴在它回忆的光芒里。

片刻间有蝴蝶（或是夜蛾）在飞舞。

一包捆得严严实实的不知什么东西飘进来，上面系着一副微型降落伞。

紧跟着它，又是一个扮作场地清洁工的场地守护员，一手拉着一辆小车，上面一堆金属工具丁零当啷响，旁边是一只垃圾桶；另一只手里拿着一把枝条扫帚，时而将地面上那些东西推向前去（也包括微型降落伞），时而将扫帚颠倒过来，用带尖的一端叉起杂物塞到垃圾桶里：几个水果——一颗硕大的草莓——，一只死鸟的腐尸、一本闲杂书和一个鱼头；离场时，他暂时停住脚步，用扫帚清洁自己的鞋面。

在这期间，前场已经又有一个美人穿过场地，穿过这条漫长的路程时，她始终保持内向的微笑，即使她在行进中要整好那错位的长筒袜时也是如此；在后场，又有一个人扛着梯子穿过，那样轻盈，以至于这人身后那个东西几乎相形见绌；场地中央有一个像是醉鬼或者伤员的人，跌跌撞撞地走着自己的路，长长的鞋带拉在地上；一个人又捧着一本打开的书在场上兜圈子，而他身旁有一个人走过来，一起读起来，然后给他翻着书页，别的什么地方有几个人穿过，高举的铁棍上挑着一个刚刚点着的稻草人，仿佛在焚烧某人的模拟像。

大白天里一声枭鸣；一个在行进中默默哭泣的人，然后变成呜咽啜泣的人，捶胸顿足；一个被压得喘不过气的人，然后又不停地给自己添加物品，接着面带解脱的微笑走开了；一个两腿间夹着一根树枝的人上上下下；一个端着一个桥梁模型穿越场地，将它与场地进行比较；死神坐在一顶轿子里被人从场上抬过去；猎人运送着装在玻璃瓶里的"白雪公主的心"；那个穿着皮靴的雄猫趾高气扬地走过去；烧焦的纸片从天上飘下来；一个女子带着衣物从洗衣店里出来，衣物罩在一块塑料布下；穿着胶靴的牧人们回家来；一个行人捧着一株向日葵；一个女子在穿过场地时将自己的钥匙串高高抛起扔出去；那个美人手执一根榛树杖；一阵呼哧呼哧的喘气声，紧接着一个身材异常矮小的运动员跑过去；一扇饰以花环的大门被运过去；一个将军穿着童鞋走向前去；一个人手里拿着一张星座图；一个人鼻梁上架着一块折叠起来的纸板；场地主人或守护员又推着小车走来，车上场地小丑正襟危坐，扫帚和铁锹充当权杖；一个人头上顶着皮筏；一个人被蒙着双眼押赴刑场；一个女子手里捧着一张大菜单转来转去；一个逃难家庭，从一个购物袋里露出一个小孩的脑袋；那个图谋骗取遗产的女子陪伴在其有遗产的姑母左右；一个一瘸一拐的男子牵着一条一瘸一拐的狗；一个戏剧节演出团穿着宽大的晚服，昂首挺胸地为自己开出一条道来；一个兴高采烈的跑步者在蹦蹦跳跳地跑动；一个在穿过场地时使手里的纸牌呈扇状的玩牌人；两个人在行进中飞快地交换着什么；一辆两侧有围栏的小车被人从场上拉过，车上满载面具和玩具娃娃；一行人集体下车后四散奔走，每个人朝着自己的目标快速穿越场地；那个沉默寡言的美人在穿越场地时变得开朗了；一个男孩帮一个老者吹灭了蜡烛；那个灯塔守护者从场上巡视而过；一个巡防队员腰间的手铐和警棍晃来晃去；一位漫游者踩过厚厚的落叶，发出清脆的声响；祖父拿着一条缠绕在棍叉上的蛇；那个葡萄牙女子出现在台上；那个来自马赛的姑娘抵临港口码头；那个来自赫兹利亚的犹太女子将防毒面具扔进小巷里；那个蒙古女子带着自己的鹰阔步穿过；那个托莱多的守护女圣徒身后拖着一张狮皮。

大家终于开始不停地纵横穿梭——其中又有一个人短暂地扮作服务生，把烟灰缸倒在场地上；一个女子端着香槟酒杯托盘，从一条小巷悠闲地走进另一条；又有一个人短暂地冒出来充当悠闲的商人或天气预报员，仰望天空；卓别林的身影隐隐约约从场上漫游而过——，来来往往穿过舞台，随着时间的推移，人人都不再是纯粹的行走者，走在路上，摆动双臂，扮演着这样那样的行走姿态（其中一个跑步者的气喘吁吁道出了自己的奔跑节奏，向前伸开的手里握着一具泥塑儿童雕像）；片刻间，看样子，仿佛所有行走者同时都在被车拉着行驶一样。

此时此刻，台下第一个观众从座位上起身，加入到这个游行队伍当中，他在场上瞎转了一阵儿，犹如足球场上的一条狗或一只兔子，之后便逃之夭夭。

此时此刻，第二个观众跃上舞台，试着一起跟着走，但很快被两个女子挡住了去路，因为当其他人可以灵巧地躲开时，她俩却抬着一根上面挂满衣物的金属杆穿过场地；一动不动地站在那里。

转眼间第三个观众也出现在这片高地上，他立刻融入其中，并且随着这个川流不息的队列扭来摆去，十分自然。

来来往往，往往来来。

随后场地变得昏暗了。

（1992 年）

筹划生命的永恒

一部国王剧

付天海 译

自人类行走和奔跑穿越荒原以来，

地球上还有许多宁日吗？

如果黑暗在远离——有多少曙光在前头？

已逝的人将何时重见天日？

　　　　　　　　　　　　　　—— 吉尔伽美什国王

　　我今日所吩咐你的诫命，不是你难行的，也不是离你
远的。不是在天上，也不是在海外。这话却离你甚近，就
在你口中，在你心里，使你可以遵行。

　　　　　　　　　　　　　　——《旧约·申命记》

剧中人物

外祖父（或祖先）

外祖父的两个女儿

人民（一个）

白痴

巴勃罗·维加

菲利普·维加

空间排挤帮（一个首领，三个成员）

年轻美貌的漫游叙述者

末代国王（三位）

女难民

许多陌生人

时间：从上一次战争到现在，再到将来

地点：一块飞地，比如在安达卢西亚山区

情节说明不一定是情节指导。

1

故事发生的地点是一块飞地，与之相连的还有其他
一些分布在舞台左右两侧以及舞台纵深看似更大的场
地，它们在很大程度上被垂直及水平的隔板和栅栏所遮
蔽。这片飞地在自由的天空下显得空荡荡的——只有一
叶像是搁浅的、底朝天的小船，一个消逝的庄园残存
下来的大门，没有门扇，孤零零矗立在那里，犹如在荒
原上一样（门框上有一行阿拉伯文字），以及一堆好像
是就地散架的轻便马车的废墟，在座椅、弧形顶棚和缰
绳乱七八糟的混杂物中，几乎只剩下车轮清晰可见。**祖
父**就蹲在上面，几乎一丝不挂，而在他身旁站着两个女
子，她们身穿着相应的传统飞地服装、腹部高高隆起，
已临近产期。一名身着制服的伞兵降落在舞台后面另一
块地上，其身影刚刚半隐半现地消失在栅栏或挡板的后
面，只见四面八方有许多手执棍棒、镰刀、叉子和斧头

的**陌生人**向他跑去，当他们拉开架势准备动手时，也几乎被遮挡住了。在另外几个场地上，可以看到**那些末代国王**短暂登上宝座，半转着身子，向无声无息的臣民们挥手。

外祖父

复仇！复仇？正义。

几百年来，我们的家乡这儿就是一块飞地，四面八方都被陌生的区域和异族的语言包围了。飞地处在别人的语言中，处在外语的包围中——但是对我而言，跟你们一样，飞地是一片广阔的土地，它拥有自己的源泉、自己的法律和自己的真诚，每一个远道而来的人在经历了旅途的不真诚之后，先是心灵上为之一震，可是接着又会焕然一新。为此我们早已不再需要我们那远方的祖先，无论他们是在大洋的彼岸，还是西北部的亚特拉斯褶皱山脉，或者高加索地区。恰恰是因为与祖国的分离，我们才在这里保留了自己的风格，才真正获得了一种风格。我们当中从来没有人有过在飞地流亡的感觉，没有人渴望回到埃及享受那美味的肉羹，没有人叹息要回到尼斯或者戈里查亚的棕榈树旁，没有人想往去往纽约东部乡村打台球，没有人在下午观看完皇家马德里和巴塞罗那的球赛之后又哭又闹，或者在看过桑坦德和龙达之间的斗牛比赛后大声叫骂。我们的区域如此有限：每个人都沿着自己的路走向野外，穿过原野、河谷草地和青蛙的欢唱，到达属于各自的领地。这里的和平氛围是多么浓郁。这是一个阳光灿烂的岁月。对此我还必须说：它曾经是。并且必须这样说：它是两次战争之间的插曲，这段美好时光的前后充斥着鬼火磷光。不管怎样，你们的兄弟如此经历了这段时光，那个年长的经历短暂，那个年轻的就更短了，再更短的经历几乎就没有了。巴勃罗。菲利普。喷射的天空。每一滴甘露都是一块脂肪。你只说一句话，令我窒息。现在这场战争，这场世界大战：飞地被占领，你们的兄弟们，刚刚还出来在他们的果园和工作台上精心地忙碌着，一转眼就被强制充军，其中一个在第一占领军，另一个在第二占领军，在一个陌生的国度里，陌生人与陌生人，肩并肩跟陌生人作战。前天在冰海边，其中一个被炸得粉碎，昨天在海牙南部的代尔夫特大丘陵上，另一个也被打中。对此还有什么可说的呢？没有什么可以让人理解？我也什么都不想理解，而只希望发生些什么——干些什么——采取什么行动——希望得到一个答案，与我们的飞地风格全然相悖。我们是起义者一族。但是这种起义，我们向来只是针对自己的。我们用头去撞墙。我们挖去了自己的双眼。我们剁去了自己的双手。我们不是将皮鞭抽向邪恶之徒，而是与自家兄弟斗来斗去，禁止自己的妻子开口说话，将自己的孩子关进地牢。面对那些陌生至极的势力长久以来施加给我们的伤害，我们迄今却未发出哪怕是一丝一毫的抱怨。你们听着：我现在说的话，并不是针对你们两个糊涂女儿的，你们俩有孕在身，据说一个为暴力所迫，另一个为炽热的爱情所驱使，就在地面入侵部队开进来的当夜，是先头部队的两名英雄所为，如今对你们两人来说，那两个家伙早已成了逃跑英雄：我这番话是说给因命运捉弄而孕育在你们腹中的两个小家伙听的。菲利普·维加二世，巴勃罗·维加二世：你们俩将属于这里的飞地人民。

[飞地人民此间以一个**白痴**和一名**囚犯**为代表登台，或者跟跟跄跄走上来，两人头戴花环，然后给这个说话者和他的两个女儿也分别套上一个。

外祖父

挣脱胎盘出来吧，娘胎里的小子们，你们听着吧：你们应该成为这里的首批起义者，要将矛头对准那些暴政的罪魁，而不是指向自家人。可是在一场战争中，你们说说，那些罪魁是怎样一统天下的？不言而喻：一旦爆发战争，一个战争贩子的背后还有另外一个，而这个的背后又会有另一个，那个真正的战争贩子的位子最终依然是空荡荡的。一旦爆发战争，那就只有战争的奴仆，而无战争贩子。战火一旦燃起，战争就是公正的。而我作为诅咒大师，却连一个确定的诅咒对象也找不到。不管怎样：听好了，娘胎里的小子们，你们这些垄沟里和树林边的创造物，你们这些异族婚姻的产物：有朝一日，你们要为你们轻率的母亲那些死于乱世遭到毁灭的高贵兄们报仇——即使你们自己同时一定会沦为恶人，沦为首批大逆不道的恶人。（他转动着那辆散架的马车上的一只轮子——什么也没有发生。他从这废墟堆里站起来，用手指着四周）这里是一个垂死的世界。但是复仇或者正义的时代就要来临。怎样复仇呢？（他从废墟里拽出一件披风，一件深红色的，让囚犯—人民和白痴—人民将它披在他肩上）你们瞧瞧，这是我复活节之夜穿的大衣，是我庆祝耶稣复活的大衣，快八十年之久了。我总是一再穿着它迎着日出，面朝东方。（他转来转去）唉，东方已不复存在。北方仅剩人工雪地上的一匹木马。西方连杂草和萝卜都找不到。南方只剩下空啤酒瓶。垂死的世界。我再也不会和我的儿子们行走在那绿色和灰色的路上。取而代之的是，他们在这儿的后代却会与那些愚蠢的娘胎里出来的托马

斯·杰斐逊、克里斯托弗·哥伦布、曼努埃尔·巴尔韦德
和伊斯拉埃尔·迈耶以及这个飞地的其他人一起踏上通往
永恒之丘的征程。复仇或者正义就是如此！来吧，充满阳
光的时代。

[一个陌生的逃亡者慌慌张张地跑过场地，呼哧呼
哧地喘着气，边跑边四处张望。两个全副武装的宪
兵在后面紧追不舍，他们边追边举枪射击。**外祖父**
倒地。被追踪者和追踪者消失。

大女儿

充满阳光的时代？

二女儿

生命的永恒？

姐妹俩

（共同俯身望着自己的腹部）我们将拭目以待。

外祖父

（躺在地上，嘴里诅咒着）千疮百孔的小船！千疮百

孔的大门！千疮百孔的马车！千疮百孔的世界！你们别打扰我，所有的人！

白痴

（指着倒在地上的外祖父）他死了吗？

囚犯或人民

死了。

白痴

他是朝东方躺着吗？

人民

不知道。

〔灯光熄灭。

2

　　飞地变得明亮起来。栅栏和隔板脱落了。一派依然充满生机的和平景象：五颜六色的纸风筝在舞台上空飞扬；这里响起小提琴声，那里又传来钢琴声，随之不知从哪儿又传来手风琴声；锤打声，铁锯声，敲击声；有一个**末代国王**瞬间跨出自己的领地，把手放在一名年老体弱的**陌生人**头上，而在别的什么地方，又一个**末代国王**将王冠抛向空中，用手接住它——连同一束不知从哪儿飞来的鸟羽毛——离去；降落伞的牵绳变成了儿童秋千，空荡荡地摆来摆去，仿佛被一双双看不见的手在推动着。上方依然是自由的天空。先前那些物件同时出现在场地上——小船，马车残片，大门——好像有些下沉。**姐妹**俩现在分别从两边登场，身穿便装和工装，怀抱新生儿襁褓；两人就像在一个十字路口相遇。

姐姐

他出生时几乎要了我的命。没有明显的出血，可我却因为这家伙几乎流尽了血。他就像一条蚂蟥从里面吸空了我，并因此而膨大起来，让我几乎难产。于是我面色那样苍白，而他却那样红润——甚至红得发紫。第二次遭强暴：先是他的制造者，九个月后又是这个被制造者。因为他长时间一声不吭，当助产士用巴掌拍他的屁股时，我心在想：再来几下！多抽他几下！然后他的喊声把周围的人都吓了一跳。甚至有人从外面大街上跑过来。那是一声不带一丝哭腔的吼叫，一声怒气冲冲或不满的吼叫，不，一声愤怒的吼叫。同时他又极力背过身去，躲开其他人，躲开光线，躲开我。可是周围的人都多么惊奇地注视着他啊。个个都认为他绝非等闲之辈。甚至有人说出了在飞地这里从来没听到过的溢美之词："王子"、"明星"、"我们的王子"——之所以这样，因为他从一开始就拒绝吮吸母乳，显现出一副讨厌的神情，对此除了我之外，无人不大声惊呼：多么优雅！多么尊贵！

妹妹

让我瞧瞧。——他长得多帅啊。（她将小家伙的手放在自己的额头、眼睛等上面）他多招我喜欢呀。巴勃罗·维加。来自河谷低地。头脑的压力不复存在。——我仿佛觉得透过他的脸庞可以预见未来。这不禁让我感到害怕。但这种害怕刺得我浑身发痒。它抓住我的脖颈，将我拽出悲愁。我既担心，又欣慰。——菲利普出生时，情况则完全两样。在临盆的阵痛中，我想起了与他父亲在一起的那个夜晚，一种同样强烈的欲望攫取了我，而且这孩子险些被勒死了。那么必然受到打击的人不是我还会是谁呢。瞧这个只知道吮吸的家伙——从生下来的第一刻起，他就在吮吸着我，一刻不停地吮吸着——结果现在却落下一身的毛病：膝盖扭曲，肩膀脱臼，肺里充水，虚弱不堪。爱情的结晶！这是我的第一个年头，同时也在想：没有生存能力。而且那个接生婆也当场说道："他多么友好啊。他看上去多么快乐，多么随和啊。即使他被奶水呛住了，脸色憋得发青，他却依然显得快乐，仿佛这是玩耍的一部分。这个小残废身上弥散出一种无以言表的光晕。他的第一声哭啼就像是一曲旋律。"同时我又继续想道：这个无用的家伙怎么会为我们死去的兄弟复仇呢？他究竟怎样在这里安身立命呢？

姐姐

让我瞧瞧。——他在笑呢。瞧他笑的样子。他是我们族人中第一个会这样笑的人。我们向来都是以双唇紧闭而著称。谁要是偶尔张口大笑，会丢掉颜面。那是失败者的笑容。有可能，你儿子是我们当中最大的失败者，或者他已经失败了，天生就注定了。但是他的笑与众不同。"穿越那一个个时代"：这应该是我们的座右铭，就写在这儿的大门上——但是我们的族人在穿越那一个个时代时总是跌跌撞撞，一瘸一拐，爬来爬去，急急忙忙，他们在穿越那一个个时代时总是突然变向，或者逃到一旁去。可你怀里这个家伙是我们所有人当中的第一，将会拖着他那弯曲的膝盖、脱臼的胯部和慢性小儿呃逆症穿越那一个个时代。瞧，仅仅他的笑容就足以为我们死去的兄弟报仇雪恨。这种笑多有感染力啊。（她哭了起来）

[她们哭了起来。

姐姐

相反瞧我这个孽种：阴沉沉的。如果说他的眼神里映现出什么的话，那肯定不是天空。有一次梦见他戴着王冠，然后他故意用王冠的棱刺把自己的额头割破。又有一次梦见他口吐白沫，跟他的播种者一模一样，他当年迫不及待地强暴了我，嘴里吐出了猪尿泡大小的泡沫。

妹妹

而我同时就躺在隔壁自己的房间里，和另一个陌生人，我的心上人，在伸手不见五指的黑夜里，我看到我们的每一个运动与接触都写入了生命之书。——只是这相关的一页也许早已被撕去了。或者这生命之书此间已经彻底褪色了。或者像这样一本生命之书从一开始就不过是一种幻觉而已，一个没有心灵的梦想。

〔她笑了。

〔她们都笑了，笑得相当令人毛骨悚然和凄惨，最后用手掩住了脸面。

姐姐

无论怎么说，我们的儿子没有父亲。而且永远也不会有父亲。我觉得这样也好。这对于今天的日子有好处，对于现在的和平有好处，对于未来有好处。我还做过一个完全不同的梦，梦见了我这个小子，他横渡过海洋，到了我们的故国，并且脸上露出与你儿子一样的笑容：他在欢呼！

妹妹

是的，我觉得眼下地球上笼罩着一种怜悯，对我们和儿子们都有好处。曾有一次，当时在战争之间，情况就是如此：一座宫殿矗立在这里。我们的兄弟在他们短暂的年华中已经知道了这一点，犹如永恒一样。你还记得吗？

［她笑了起来。

［她们笑得像女巫一样。

姐姐

工作在召唤。

妹妹

它已经更美妙地召唤过了。

姐姐

是的，兄弟们从前线寄回的信里充满思乡之情，首先就是对这里的工作的思念。

［这时，从一个襁褓里传出了剧烈的哭喊声，一声愤怒的喊叫：一个儿童秋千的绳索缠到了一起——被母亲解开来，这婴儿随即又平静下来。**姐妹俩**小步奔跑着，朝着不同方向快速退去。

［灯光熄灭。

筹划生命的永恒

3

又是几年和几个轮回的岁月从飞地舞台上逝去。舞台上原野和农田的标志又下沉、冲蚀和平整了些许。舞台一侧悬挂着植物，就像从一片森林边缘延伸到场景里一样，藤本植物。还是那自由的天空。远处传来钟声、渡船和火车的鸣响。那个昔日的**囚犯**此间换了装，成了人民的一员，也就是**人民**，他和那同一个**白痴**迅速地并排走来。

人民

为什么这里从来没有发生过什么？没有战役，没有缔结和平，没有从窗口坠落。我们这个地区甚至连一个土生土长的传说都没有。那个传说收集者当年在战前路过此地时，人们向他乱扯一通出自这片飞地的奇闻轶事，可他早在周边地区全都听说过了，而且细节更诙谐，更美妙，更跌宕起伏，并且有各种各样的说法。为什么我们当中就未曾涌现出一个英雄、一个名人、一个奇才，甚至一个罪犯呢？当年，你们全家七口在下面的山沟里一夜之间惨遭杀害，只有你一人躲在门后幸免于难，那个杀人凶手则来自境外。我们当中还没有一个人声名远扬。那么在当地说起这个或者那个人"出名"时，这到底意味着什么呢？他无非就是一个怪人或者一个"怪物"而已。比如我们本地有名的发明家，拥有注册专利2004个之多，可从来没有一个具有商业价值。或者那个著名的用测矿叉寻找矿脉的人，有一天，他坐在矮树丛里，嘴里塞着十二根雷管，将自己连同测矿叉一起炸得粉碎。还有那位诗人，既没学过诗律，也根本不懂正字法，可二十二年来却利用每时每刻的业余时间忙于创作飞地赞歌。而且这里也没有一丝孕育历史的气息。当耕犁碰到铁器时，那绝不会是埋在地下的皇室财宝或者什么兵器，而只是前人留下的锈迹斑斑的耕犁残片。那场发生在这里所谓的"黑山战役"应该是一种弄巧成拙，是一次误会，是上百年来以讹传讹的结果，这就好比小孩子在做游戏时将一句话挨个传下去，到了最后，这句话已经变得面目全非了。照此看来，我们在黑山脚下那场战役原本可以叫做"北方斯拉夫人的到来"。从这里穿过的匈奴人、阿拉伯人和法兰克人干脆忽视了我们这块土地。上一次战争结束时，溃逃的哥萨克军队只是在我们这儿稍作停留，他们只留下几匹马来，现在都成了风烛残年的老马：那些外国士兵都是在别的什么地方被俘虏的，又都是在别的什么地方被杀戮的，我们这些雇佣兵也一样，个个都客死他乡，就算是墓碑上刻有他们的名字，那也是错误百出。这里没有传说，没有历史，没有伟大的人物。人们讲述的至多是些失踪者的故事——可是讲述什么呢？他们下落不明。或者讲述那些寥寥无几的移民者——可是讲述什么呢？——他们也下落不明。我们当中没有人曾经展翅高飞吧？给自己插上翅膀？哦，我们家乡伟大的荒凉！

[白痴走动中停住脚步，人民也随着他停住脚步，不声不响地询问。

白痴

我不会边走边说话的。我跟你不一样，从未上过学或是进过夜校。我不能同时做两样事情。（他用一本厚厚的小书拍打着自己的脑袋，一连拍了好几下）

人民

就算你只做一件事情，也没人能看明白。你一旦开始做起什么事来，一切都变得模糊不清，也包括周围的一切。倘若你加入到我们的民歌合唱里，会使领唱者乱了方寸，而且每个人都会忘记歌词。

白痴

你们听着，飞地的人民。（他拼命地将书砸向人民的脑袋）从前这里是一个王国。只是几乎没人见过国王露面。如果说有的话，那么他们当场就死去了。根据传说，他们的尸体被绳子拴在一起，挂在边境的树上，作为祛邪除魔的符咒。在那边的树林里有一条路，黑色的门槛是由沼泽树丛形成的，那就是国王路。在那座被洪水冲垮的桥那儿，有一颗明亮闪烁的卵石嵌镶在小溪的底部，它是一只国王贝壳——昨天我潜入水中观赏了它。我们国王的宝座并非庄严地耸立于地上，而更多是沉入地下，与图慕虚荣的御座正好相反——这里的地面上有许多坑，可并不都是弹坑。边境那边的民族在我们之后很晚才有了自己的国王，他们按照完全不同的标准拥戴他们：财富，实力，美貌，嘴巴，之后便世代相传。我们则不同，作为第一个拥有国王的民族，我们通过梦想让国王来统治我们。当时这里的人民尚分毫不差地分别做着同样的梦，每个飞地居民在同一天夜里同一时间都做的是同一个梦，就像更早以前一样，人们告诉我，甚至全世界的人民莫不如此。也就是说，我们古代的国王都是以梦想的形式被选出来的。可是他们为什么几乎就让人看不到呢？这个我不知道。也没有任何人知道。你告诉我呢？你们告诉我吗？我在寻找他，寻找这里的国王，而且不是从昨天才开始的。听着吧，飞地的人民：这不应意味着新的奴役，而是自由——不，有些东西，你只有在事实的光明中，才会为之找到那一个词语。前兆：只有在我们这片土地的上空，鸟儿才会展翅翱翔；只有在这里，它们才会悠然栖息、觅食和嬉戏；只有在这里，你才会看到那些平日里飞得极高的鸟儿无忧无虑地在下面的草地上跑来奔去。

人民

因为周边地区都在大兴土木，而这里却是远近唯一剩余的一块比较开阔空旷的地带。那些鸟儿就在这里觅食和嬉戏吗？这里首先却是逐猎、残杀和弱肉强食的理想之地——除了我们这儿，你还能在哪儿可以随处看到草丛中这么多血迹斑斑的羽毛和遍地的血迹？不，不仅这个王国已经灭绝了：王国之梦也是如此。只有像你这样的傻瓜才会如此胡言乱语。

白痴

（从裤兜里掏出一只像是已经死去的鸟儿，它却突然拍打着翅膀飞走了）怎么回事呢？

人民

始终就是你们这些白痴，在这里信口雌黄。让你们这些愚蠢的讲述者和你们这些迷惑人的故事见鬼去吧。我，作为人民，虽然需要一位叙述者，为了去观察，去感受事情怎样发展——但需要的是一个叙述者，他不会把一切弄得乱七八糟，相反能区分得井然有序：我们需要的正是这样一位叙述者。如果有个白痴要对我说些什么的话，那他至少必须像莎士比亚作品中的一个人物。而那个作为其宣谕官登场的人必须是一位在莎翁那里也根本不存在的国王，那就更不用说什么纸牌国王或者射击国王了——一种晨风酋长。当然直到那个时候：以人民的名义，闭嘴，飞地白痴。

［他把一块布罩在白痴头上，准备这样和他一块退去，朝着钟声和渡船鸣笛的方向。这时，巴勃罗和菲利普从舞台另一侧登场，作为尚年幼的小男孩，几乎只能看到他们的背影。人民停住脚步，又掀开白痴头上的鸟笼布。小孩菲利普一瘸一拐，走动中

同时左顾右盼，也仰望天空，他的一瘸一拐伴随着欢快的雀跃，而他的表兄巴勃罗却像在梦游，一脚又一脚地往前挪去，始终低着头，两臂丝毫不摆动。他的表弟最终拉起他的手，拽着他快步往前走。突然从象征着树林边缘的藤本幕布的后面传来一片沸腾声。一阵乱箭从那里飞出来，接着就是树枝、石块和棍棒。一阵像是陆军冲锋时的号声，听起来破锣一般，毫无生气。兄弟俩继续轻松愉快地赶路，人民和白痴充当观众。这时，从帘后猛地冲出另外四个孩子组成的一队人，他们全都戴着狂欢节面具，抽着响鞭，挥舞着一束束荆棘和荨麻；有一个戴着防毒面具，而不是狂欢节面具，一看就是首领。这四人挡住兄弟俩的去路，开始攻击他们。菲利普面带微笑转着圈抵抗，这样一招至少使得其中一个入侵者停止敌意，随着他的目光望向别处。满脸睡意的少年巴勃罗也转来转去，暂且避开了每一次击打，最后迎向那个戴防毒面具的首领，那家伙向后退去，似乎要为挥鞭赢得更大的空间。

防毒面具

[挥起皮鞭，同时又抽出一条木锁链。

巴勃罗

[睁开迷迷糊糊的双眼。

防毒面具

[垂下胳膊，继而扬起来在空中交替挥舞了几下。

巴勃罗

[用手将一个苹果掰成两半。

防毒面具

[很快亮出一把像是在树林里捡到的刺刀。

巴勃罗

[吞下一条壁虎大小的蠕虫。

防毒面具

[把手中的一切全部扔掉，腾出手来拔出一颗在树林里捡到的手榴弹，开始笨拙地拨弄起它的引线来。

巴勃罗

[从外祖父的马车废墟里拽出一只制成标本的？狐

狸，将它夹在腋下；又拽出一条制成标本的？鳄鱼，把它夹在另一个腋下；又拽出一只制成标本的？山雕，嘴里衔着一块蛇皮？把它套在自己头上；最后外祖父？那个幽灵也加入到巴勃罗的行列，身披着那件红色的斗篷。

防毒面具

[停止拨弄手雷的引线，向旁边看去。

外祖父

[握住两个外孙的手。

巴勃罗

[挣脱外祖父的手，从那个戴防毒面具的小伙子手里夺过手榴弹来，拽出引线。

菲利普

[从表兄手里夺过手榴弹，把它扔到树林里，只听到从林中传来一阵呼啸。

巴勃罗和防毒面具

[突然用木棒相互攻击，展开一场古典式剑士决斗，最终戴防毒面具的人被巴勃罗逐出舞台。

[灯光熄灭。

4

　　像是在当天，又像是在另一个时代。在一如既往自由的天空下，明亮、绚丽和开阔。少年**巴勃罗**和**菲利普**，只能看到他们的背影，并排坐在两只秋千上。**巴勃罗**越荡越高，而他的表弟却在地面上方晃来晃去。

菲利普

谁第一个登上了珠穆朗玛峰？

巴勃罗

埃德蒙特·希拉里爵士。

菲利普

赫拉克利特是谁？

巴勃罗

来自另一块飞地的一个人。他几乎从不开口说话，如果开口，那他就会说：睡觉的人接近清醒的人，而清醒的人则接近睡觉的人。他从未说过：一切都在流动，而是：谁要是踩入同一条河流里，那么一而再再而三地从他们身旁流过的却是其他河流。他说：王国就是一个嬉戏的孩童。他说过：现在是早晨，刚醒来时荨麻扎人还不会感到疼痛。他所说过的一切，即使不具法律形式，也具有法律效力。他常用的措辞是：这不公平。

菲利普

85 乘 858 得多少？

巴勃罗

72930。

菲利普

"小夜曲"怎么唱？

巴勃罗

[轻声哼了起来。

菲利普

啄木鸟怎么叫？

巴勃罗

[模仿啄木鸟的叫声。

菲利普

谁是秋千的发明者？

巴勃罗

我父亲。

菲利普

你父亲是谁？他是干什么的？

巴勃罗

我父亲是外国人。他死了。只是前一阵子，当我在靠近牧场的小溪边，将邻家女孩的衣服扒光时，就听到我母亲，还有当时我家周围挤满了的好奇和叫嚷的人群，一个劲儿地念叨着："你父亲还活着！"据说我很像他。只是我想变得跟他完全不一样。一个独一无二的人。一个天下独一无二的人。可是我接着又想要死掉。不仅仅是死去，还要像脚指甲一样被弹出尘世。这不公平！（他从高高荡起的秋千上一跃而下，把一根树枝当作长矛向林中投去）打中了！（跳起一支胜利的舞蹈）

菲利普

（在秋千上继续徒劳地尝试将秋千荡起，但却越发纠缠在绳索中不能自拔）我父亲生活在一个辽阔的国度里。有朝一日他会回来接我。他背上也长满了毛发，屁股上还有一颗胎痣。他创作了《战争与和平》一书，画了蒙娜丽莎的乳房，谱写了"雪地圆舞曲"。我将来要和他赛跑。他最终将会换掉灯管里坏掉的灯泡。他将会保护我们，免遭敌人的入侵。只是他恰恰又没赶上火车，像昨天，像前天，像大前天。（他吹着口琴，与秋千完全卷在了一起，他的表兄随即过来，几下子就让他从秋千中解脱了出来）

［他们退去，一瘸一拐，蹦蹦跳跳。

［灯光熄灭。

5

　　在飞地又过去了几年，几个季节，几个时期。而岁月仍在流逝？依旧是在那自由的天空下，几个**陌生人**正在清理最后的马车废墟，取而代之的是一台水泥搅拌机，上面的滚筒已经开始运转。场地上最后残留的小船或轻舟碎片也被搬走了，原先的位置立即被一小排橙树所占据，有点像种植园。那些秋千转眼变成了爬梯。那些藤本树丛顷刻之间也被砍去。最后几根权当飞地界标的栅栏、木桩和隔板也被抬走了，飞地已不复存在，或者它的版图扩大了？其中一个**末代国王**作为喝醉了酒的群众演员慢慢腾腾地走过舞台，显然是在不合适的时刻，很快又被人吹着口哨叫了回去。刚刚还飘落而下的树叶又向上升腾。两个**陌生人**用木棍在抬着一大簇葡萄，比他们俩还要大。一台桌式足球游戏机现在取代了水泥搅拌机，桌边是近乎成年的**巴勃罗**，可以看得出来，因为他很快就进了球，而**菲利普**，看到他一瘸一拐的样子和徒劳地挥来舞去的神气，不是他还会是谁呢。同样，橙树季节现在也又结束了：取代它的是一个射击场，充当靶子的是一只超过真人大小的类人猿，那四个同样已近成年的空间排挤帮成员朝着靶子乱射一气，他们的首领让人一眼就看出来，因为他立即将菲利普从游戏桌边推开，表兄弟俩随之将足球游戏机拱手相让，从舞台上消失，当然这个首领不会去玩游戏的……当游戏机和射击靶也被收起和撤下之后，场上所有的人也都消失了。只剩下那扇自始至终空荡荡的大门：它现在不是笼罩在一种特殊的光线之下吗？**外祖父**或**祖先**从舞台上漫步而过，他的复活节斗篷里扑通扑通地掉下九十九个苹果来。舞台上又一次刮起了风，看了看那些悬梯。

灯光熄灭。

6

在最前面，在舞台边沿上，在这片如今仿佛已无限广阔的土地上，立着两张小巧的坐凳，正好面对面，中间的空间那样狭小，以至于姐妹俩坐在上面时看上去挤得紧紧的。她们头顶依然还是那自由的天空。姐妹俩几乎有点像城里人的打扮。

姐姐

这都是最初的座椅，自上帝创世以来就为人民立在这里。可以欣慰的是我们赶上了这个新时代：开放的边境，新式的舞蹈，垃圾清运，铺上沥青的田间小路，白金镶牙，用南海大理石制成的墓碑，同时给房间供暖的电视机，火地岛的鲜奶，西藏的板肉，遍及四处的室内外照明，连这个"幽静"古镇的狐狸洞都不例外，现在还有昔日飞地河谷森林中这些观光座椅。

妹妹

是的，令人欣慰。只是远处的景色还要更漂亮一些。我们以前叫什么呢，恰恰是我们，这些飞地的居民？翘首企盼者。当然这些座椅是让我们用来彼此交流的。为了讨论问题。为了坐在一起。眼睛看着眼睛，皱纹挨着皱纹，膝盖靠着膝盖，牙齿对着牙齿。

［双方停止交谈。

姐姐

只是我们这样忽视了复仇一事。不仅仅因为我们的儿子越来越像他们远方的父亲——

他们做梦都梦见他们，而不是我们的两个兄弟，不是他们榜样般的一生及其史无前例的毁灭。

妹妹

我们必须多向他们讲述有关我们兄弟的事迹，讲些别的什么，而不是他们的死亡和毁灭。一些永恒的东西。那些永垂不朽的事情，那些小小的，那几个，那几个核心的事情，它们再过十年还会发芽，再过百年——讲述有关我们兄弟的那些核心故事。

姐姐

比如说大巴勃罗当年胜过飞地所有的孩子，因为他在沿着大街向下飞奔的途中，一路上放屁的时间最长，甚至一直到那片草原上？比如大菲利普当年就着一块面包将一只活生生的金龟子吞了下去？比如大巴勃罗当年就向他的第一个也是最后一个未婚妻要回了订婚戒指，因为让他心潮澎湃的不是她，而始终只是苹果园里各种各样的苹果，他那青梅，他那毕尔巴鄂侯爵夫人，他那金少女，他那白色的约兰达，他那令人垂涎的蕾切尔……？再比如大菲利普当年在战争中经历了六个月的冻原日子，靠着冻原野莓充饥，唯一一次回家探亲时，把我端给他的牛奶咖啡推得好远，始终跟小时候一样，因为咖啡表面确实漂着一层薄薄的乳脂？

[在此期间，如今已长成了小男子汉的两个儿子，走到她们跟前，他们即将动身，已做好了旅行准备，侧影映在那空荡荡的大门里。

妹妹

"当年"，你总这么说。但我们的兄弟谁也不曾拥有属于自己的时光。这就是丑闻，或者犯罪，对此父亲总是喋

喋不休。而你却对我们的部落和我们的人民冷嘲热讽。当
年他们中有一个独自在门口玩耍，并且无声无息地失去了
踪影，另一个从表面上早已又变成黑乎乎一片的粪坑底里
嗅出了他的味道，并且把他拉出来后吸出他肺里的粪污，
使他又活了过来，这难道不是要留给后世的东西吗？（她
转向表兄弟俩）所以，你们要世世代代继续讲下去，他
们中有一个那时，当年！在回家的路上，那块在教堂门口
被复活节之火点燃的腐木菌闪着火光从铁丝架上跌落在他
跟前，他捡起残留的火块，捧在手里一直带到家里，用来
生火做饭。另一个作为飞地最聪明的孩子被送到非常偏远
的外地就读，在遭受了一个月的思乡之苦后——今天谁还
知道什么是思乡呢？——从那里跑出来，历时七天七夜，
穿过莫雷纳山，德斯潘－佩罗斯山口，曼夏荒原，埃布罗
河三角洲，卢比亚那沼泽地和野狼沟，最后闯过那片自杀
荒原，在"夜深人静的时分"，人们当年还这么说，回到
了我们"庄园"外面的院子里——当时还称之为"农舍院
庭"——他并没有进屋来见我们和他的父亲，而是抄起枝
条扫帚开始扫起地来——用后来占领军的语言说就是"清
扫"——后来他没有成为主教或政治家，而是学了木匠或
者"细木匠"手艺，从此我们家有了用带有螺纹图案的橄
榄木制成的门！再比如他们中有一个只因我腹中的婴儿才

没有当游击队员，并放弃了十拿九稳的刺杀战争恶魔的计划，在他第一次也是最后一次从前线回家探亲的时候，甚至与你的父亲即占领者结为朋友，教会他玩飞地特有的"叫王"扑克牌，给他的包里塞满了自己培育的苹果，一种叫做"公主玛丽亚的化身"的苹果。

姐姐

（在人民和白痴也凑过来之后）你别这样拿传统和祖先给我儿子说三道四。他根本就不像任何人。他的行为方式是新的，不仅仅对我们这个闭塞的地区而言。新的？你让我感到毛骨悚然，儿子。这不符合我的意愿，我不喜欢这样。对于这里的人们来说，你不是新生的爱因斯坦，就是再世的阿威罗伊，不是再世的马诺莱特，就是新马龙·白兰度，要么是再世的成吉思汗，要么是新生的所罗门。没错：你干什么都成功，轻而易举。你打败了每一个对手，而你并不想赢他们。老人和小孩，男人和女人，甚至连牲口，不仅仅是家畜，都为你而惊叹，而你却显得若无其事，甚至连嘴都不张一下。你十岁时就是这里的象棋冠军，十二岁时在风景画比赛中获奖，十四岁时是青少年射击之王，十六岁时拿了全国艺术舞蹈冠军，十八岁时写了一种电脑程序，取代了当地所有的办公人员，十九岁时当上了父亲——妻儿不为人知——二十一岁时远赴他乡，获得马拉喀什大学阿拉伯语文学博士学位，并成为地中海海滨城市休达的预备役上尉。只有唱歌你不会，难道不是吗？人们都说你在这里太屈才了。只有我知道，你是有点不对头。世人看错了你。你因此要报复他们。他们为你欢欣鼓舞，而你却要伤害他们，至少要踹他们一脚。或者干脆走开，自己去折磨自己吧。或者让自己饮弹身亡。不管怎样，这就是你的奋斗，结局无法预见？儿啊，我没有冤枉你。我感觉正如此。

妹妹

我儿子呢？人民怎样说他呢？

人民

没有特别的志向。生活俭朴。喜欢唱歌。性格内向。为人低调。受人喜爱的邻居。乐于助人。身体过早地停止发育。尽管残疾，却脚踏实地。字体飘逸。患有夜游症。喜欢自言自语。能够聆听别人的讲话。喜欢孩子。没有生育能力。相信命运。永远在寻找自己的父亲。最喜欢的音乐作品是"我期盼着自己死亡的到来"。

妹妹

不管怎么说，你并不属于我们这个家族。这样下去不是办法。因此，你现在就应该尽可能长久地离开这儿，而且走得越远越好。因为你迷恋上了这里的不幸，就跟这个家族里几乎所有的人一样，也包括你。你和你的祖辈们一样，原地待在这个地方等候着不幸、灾祸和沉沦的到来，你希望自己跟祖先们一样到达不幸之中，带着这样的想法：终于活着！在不幸中！跟你的祖辈们一样，你在不幸中松了口气，边说边笑道：这样就对了！或者更有甚者：越是这样就越好！儿啊，既然非要不幸，那么就到别的什么地方去寻找不幸吧，可别在我们这个穷乡僻壤——到外面的世界里去寻找吧，在正在发生的事件里，在现实中，在行动中，在某个战区或地震灾区，最好两个一起——这样一来，不幸至少会别有特色。我们这个小小的飞地不幸从来都没有过什么吸引力，从来没有令人感到振奋过，因为它从来都不会和那个广大的民众的不幸同时发生。孤零零并且地处偏远，就像我们分别与自己的灾难相伴一样，孤影相伴，远在天边，再说还要加上孤独与单调。动身离开这里吧。

姐姐

够了，别再说我们的儿子了。自他们出生以来，这里的一切都一味围绕着他们转。别再提他们了，别再提我们的兄弟了，别再提父亲的阴魂了，别再提所有这些男人了。我们母亲身上，看来唯一值得流传的东西，就是她那安静的性格，她那以极大的耐心长期忍受的痛苦。我当时在早晨发现母亲已经断了气，她带着无法想象的疼痛一夜之间命归西天，但一声都没有吭，我吓得把全家人都喊醒了，家人先是粗暴地打断了我，然后才转向母亲的尸体，而此时尸体已几乎无法再跟床板区分开来。（对着妹妹）一味地用那些圣经诗篇哀诉，你们当时只知道大声跟着哀泣。邪恶的敌人包围着你们，你们却吟唱他们的诗篇，这就是你们飞地妇道人家的心愿。回想起来，我在我们整个地区看到了一种持续不断、广为认同的伏地祈祷。但是对我来说，那些圣经诗篇已经不复存在了。不是我！我将另寻出路，而且单枪匹马。每天早晨睁开眼和每晚入睡前我都在想：此时此刻我将会顿悟，我在这里，我本人，终于，最终，为了人生，为了未来，为了我的未来。不是别人，不是帮助者，不是儿子，我自己将会找到解决办法，而且只为我自己，这样做就足矣，难道不是吗？告诉我门在哪儿，我的门，或者对我来说就不存在门？

白痴

圣经《诗篇》第三千六百六十六篇。

[**姐姐**跑向自己的儿子，边跑边拽出一根荆条，用荆条一再抽打着儿子。

人民

（发表评论）她这么做是按照我们古老的习俗。按照这个习俗，在两个地区之间划定边界时，就像对待一个孩子一样，界碑会染成蓝色，为了未来：同样，从现在起，只要巴**勃**罗先生一回到这里，他就会感觉到踏上了自己的故土。

[现在母亲和儿子相互拥抱告别，人民和白痴为他们弹奏着一段送别小曲，然后巴**勃**罗和菲利普在伴奏声中上路，由飞地乐师陪伴，而在后台远处，**空间排挤帮**短暂出现，拿着一把巨型梳子，篦梳一般地搜索着这个空间——很快又消失了。一阵风吹过舞台，首先看到的是兄弟俩一身旅行打扮。一瘸一拐的**菲利普**一再回过头来张望：几乎快要看不到影了，他又猛地转过身来，脱去身上的大衣。

菲利普

我不离开。不去异国他乡。只有在这儿我才有用武之地。只有在我们飞地，我才会有所作为。走着瞧吧，你们在这儿会需要我的。我不仅会给你们清运垃圾，整理花圃，而且还会撰写编年史，为梦想谱曲，调解纠纷和致悼词。我身上具有某些可以和大家分享的东西——只是我还不知道是什么。到了边境那边，它无论如何都会被扼杀的，也包括我本人。那边的权贵们早已成为上次战争的赢家，他们把每一个外来者充其量当作他们的年轻店员。顶多像巴勃罗这样的人，才可能与之相抗衡。他们的领域此间几乎遍及天涯海角——他们根本不再需要自己的帝国。不管他们出现在哪儿，都要发号施令，在和平之中排挤别人的空间。唯独这里还不是，还不是又这样。因此让我留下吧。这里没人相信我，尤其是你，我的母亲，这让我深受刺激，这使我忐忑不安。请你格外赏脸，永远不要停止不相信我！关键是，我在你们当中，与当地的荒原、墓地、田间小路和酒馆为伴。我干吗非要为了见到自己的父亲，去国外找他呢？他应该到这儿来，到我们这儿来，到他的亲人身边。如果要来的话，那他别再像当年那样，作为入侵者，而是以客人的身份。这样一来，我父亲或许会是这里第一个相信我的人。——但是也许我就想把自己藏在这里吧？我不是向来至少在捉迷藏游戏上高人一筹吗？就连这一点你也不相信我，母亲？这样也好。最好这样。

巴勃罗

我把你们全都带上，保护在我的麾下。在我远征归来时，这里会就地开始另一次远征，一次更大规模的远征，一次共同的远征。此外，今天那些故事都属于电影。可是现在这个，我的故事，我们的故事，不管怎么样，将是一个不属于电影的故事。为此我只能忘却自我。为此人们只会将我遗忘。

　　[舞台纵深，**空间排挤帮**再次短暂出现，就像是从一片沼泽地里冒出来的，手里拿着绳索、套索等。在朝他们走去时，**巴勃罗**的大衣从肩上滑落。他又反穿在身上。然后他甩掉一只鞋，继而又甩掉另一只——将它们穿反了。就这样，他大声嚷嚷着自己和这些东西过不去，愤怒地叫骂着退去。

巴勃罗

又是我。依然是我！这太不公平了！

［舞台后人声鼎沸。**白痴**尾随着他，不一会儿便又打着手势退了回去。

白痴

他们想打中他，结果搬起石头砸了自己的脚。第一个家伙给他使绊子，却绊倒了自己。第二个家伙想用头撞他的心窝，却撞到了第三个人身上。第四个家伙浇上汽油，却将自己点着了。当他们一起往巴勃罗身上吐唾沫时，却吐得彼此满身都是。第一个的头发缠到了猴面包树上。第二个哭着喊着要水和乳汁。第三个成了雪人。第四个变成了羞怯腼腆的小姑娘。他们异口同声地喊："这是什么？"以及"还有一道门！"从他们八只眼睛里爬出蚁类来。然后那条边境小溪结上了冰，水漫上河岸。田里的稻草人戴上了耳机。他们相互展示自己的集邮册。可是他却连看都不看他们一眼。他仿佛在行走中睡着了，在接下来划桨穿过芦苇荡时也是这样。船已经在等着他，它是用镀金的羊皮纸做成的。我还送他一支用过的铅笔头，而他对我说："快滚开！"这一切发生在儿童节，发生在世界储蓄周，发生在刺猬年和鬣狗时期。

［就在这时候，**空间排挤帮**穿过场地，横冲直

撞，野蛮不堪，破坏道路，打砸、踩踏、火烧飞地物品，最后他们又不让**白痴**说话，交替捂住他的耳朵、嘴巴、鼻子和咽喉，当白痴想用脚打拍子的时候，他们就捆住他的脚后跟，将他抛向空中，等等。之后他们胡乱舞动着胳膊肘退去。

白痴

人民，你说得对：你需要一位新的叙述者。我这个白痴该退位了，顶多充当临时顶替的角色，作为这个故事的第五只轮子。（望着一旁）可是谁知道，这是否是件好事呢！（面向场内）谁接替我呢？一个见识和学识都很多的老兵，经历丰富，头发斑白，在战役中失去了一条臂膀，嗓音在地下牢房里得到了锤炼，两鬓长满了老年斑，眼睛不仅留意着我们这黑乎乎的现实，更留意着别的东西——哪一位新的塞万提斯来接替我呢？

［这时，那个新的叙述者登场，**女叙述者**，一个美貌年轻的女子，她挽住**白痴**的胳膊。

女叙述者

我在这儿。我是你们新的叙述者，刚刚成年，今天早晨还是个孩子，但愿明天一早又能变成孩子。我的成长经历如下：从小没了父母，下面有六个弟妹，我一个人把他们拉扯大。在一条缓慢流淌的小溪边放牧。一个秋日的夜晚当我坐在土豆蔓篝火旁时，我面前突然一个人也没有了，我什么也没说，久久一声不吭，始终保持沉默。当时不是在战争中，不是在流亡中，不是在洪水肆虐期间，我既无笔墨也无写字板。在此后一年多的时间里，我对此连一句话都没有说过。但是后来，到了圣烛节，在二月二日那一天，我开始说话了："那么……当……在那之后……当……在那之后……并且……并且后来……并且……并且当……并且在那之后……并且后来……"当时不仅是我的弟妹们聚拢在我周围，我拉扯着他们，指派着他们，围着他们打转，前所未有，而且有人也从大街上闻声进来，一直待到深夜。后来，我就上了几所特殊的叙述者培训学校——当然在哪儿都没待多长时间：在一所学校里，因为只跟现实和科学打交道，任何现实的东西在我眼里都显得不现实；在另一所学校里，我们成天只学深呼吸、超脱的镇静和忘我的快乐，以至于除了平静和呼吸以外，我一无所获；在第三所学校里，一句话，青草对我来说太绿，蓝天太蓝。于是，我成了一个自由的漫游叙述者，四处漫游，居无定所，自食其力。自食其力？确切地说是这样的:（她将手摊开）我唯一的规则，那就是当初在溪边和篝火旁的开始时刻，当时没有人说话，始终无声无息。无论我漫游到哪儿，那些被人们认为装着满脑子故事四处漫游的老者都会慕名前来，并且说："给我讲讲我自己的故事吧！"我仅仅定居过一次，是在纳瓦拉国王的宫廷里，国王每天早晨不思朝政，只想一头栽进他那条边境河毕达索河里：我一千零十二个早晨不停地讲述，就是为了使国王保住性命。我有一次在途中遭到邪恶势力囚禁时，那么出现了什么样的情形呢，你们——但愿——大家都知道那个有关"被束缚的想象"的奇妙神话吗？

所有的人

知道！

［**人民**想偷偷溜走。

女叙述者

别走，人民。你溜不出我的掌心。你当下的无想象，或者思想狭隘，或者气血不通，或者不善梦想，或者缺乏形象思维能力，这是我们再一次面临灾难的一个原因。菲利普·维加，把这些都记录下来。

［**菲利普**写起来。

女叙述者

把耳朵竖起来，人民。

［**人民**竖起耳朵，**白痴**也在一旁帮他。

女叙述者

还有你们姐妹俩，不要再按照飞地的传统望天看地了，请转向我，看着我的眼睛。

［**姐妹俩**言听计从，犹如脱白了一样。

女叙述者

由于想象力夺去了你们的翅膀，它今天的表现形式不再是仙女神话了。它是一出戏剧。传说和童话宣告终结，这并不意味着仅仅剩下一个个尾声了。我的源泉就是那样一些东西。在这种源泉里，那些稠密而淤积的血栓化解了。你听着，人民：只有因为我的到来，你才会来到人间。我来这儿，就是要掌握你的命运——掌握在两只手里——使之生机勃勃，以应对紧急情况或者干脆就这样。要是你早就听从了我所说的，那你也就不需要别的什么秩序和明确的规章了。可是你却一而再再而三地在我面前不洗耳朵，始终是一个肮脏不堪的人民。对你这个合法和世袭的女统治者充耳不闻，而你却甘愿忍受每一个异族的统治，这样的或那样的。——你要看着我，人民，如果我不计前嫌地对你这样说的话，而且这也许是最后一次在这出戏里——难道你连什么是美都不知道了吗？你对我来说如此难以接近，现在这就是问题的症结所在。尽管是和平年代，而且我就在场，近在咫尺。只有叙述者能够理解人们，或者上帝——但是我们还是别提上帝了。人民，我现在是你新的，也是最后一个叙述者。如果你愿意的话，我就会待在你身边，虽说不是每天，但要直到世界的尽头。我是取之不尽、用之不竭的。但我并非时时都在场，倘若你继续这样对我视而不见的话，我会当场为下一个异族统治腾出位置来，最终的异族统治，你会连这一点如此微不足道的自由都没有了。离开了我的指引，你会在几个无比强大的猪猡的手指里成为最后的污垢。然后你就会灭亡——干涸，蒸发，破碎，飞散，化成气体。当然了，飞地人民，你会受到爱戴，我那特殊的唾液会保全你。

[她用刚提到的唾液舔舐**人民**的耳朵、鼻子、眼

晴和嘴巴，起了一个调，调音拉得很长，然后和着几个节拍和场上所有的人一起跳起舞来，从他们身上跳过，用拳头击打他们，用双臂抱住他们，用脚踹他们，搂住他们的脖子……然后一溜烟地跑进了田野或荒原。

人民

跟我母亲当年一模一样：直到今天，我还能在自己身上闻到她的唾液味，太难闻了——女叙述者，这么一种虚弱、柔细的声音——几乎根本就听不到声音？

姐姐

奇特的女救世主。本来我对所有的救世主都已厌烦了。在《旧约》中，这不叫"救世主"，而叫"血亲复仇者"。这样的叫法我更喜欢。但是让我们拭目以待吧。

妹妹

在我们这儿，还从来没有出现过这样一个美人。而在我看来，她具有飞地祖先的所有典型特征。（对着姐姐）她或许可以给你儿子当媳妇。只是我们所了解的他，和她在一起，会因为对她过分喜爱而很快会变得更为伤心。

（对着**菲利普**）你把这一切统统都记下来了吗？

菲利普

（读道）雨水正好降临在合恩角，与这儿相隔万里，如此之近，以至于我可以向它伸过手去。在从东京开往京都的新干线上，速度计上的指针在三百公里左右摆动。现在一股疾风正吹过阿勒颇松树，这些松树全都生长在阿勒颇[1]以外的地区。

妹妹

这就是你称为记录下的东西？

菲利普

是的。（他笑了起来）

［所有的人都不说话。风刮过舞台。

白痴

有谁能告诉我，我们这个所谓的新叙述者刚才所说的

---

[1] 阿勒颇（Halab），叙利亚北部城市。

一番话，和我这个所谓的白痴一直以来所讲述的究竟有什么不同呢？除了她更年轻，也更漂亮一点儿？可是，也别说了，年轻首先不就是区别吗？——我们拭目以待。

〔灯光熄灭。

筹划生命的永恒

7

　　空旷的飞地，没有季节交替，自由的天空下只有光秃秃的大门。随着**空间排挤帮**的悍然闯入，天空一下子也显得不再那么自由了，各种氛围也立刻消失殆尽。这四个家伙身着崭新、僵硬、厚重的边防制服，看架势像是要发动一场突然袭击——只是恰好没有一个人民在场。于是他们收起棍棒——一切东西到了他们手里都成了棍棒——并且放下铁棍（一切东西到了他们手里……）。首领穿着一身十分考究的西服，但他也显得僵硬和过于沉重。他们显然是在陌生的领地上，他们所做的一切，旨在挑衅，强占，抢夺空气和光线——尽管有人在梳头，假装小便，吹口哨，溜达。无论他们做什么，动静要么过小，要么过大。

帮伙成员一

我闻到了他们的气味。

帮伙成员二

而这种味道并不新鲜。

帮伙成员三

闻起来像冷冰冰的烟味和发霉的稻草。

帮伙成员一

闻起来像烂苹果和油腻的衣物。

帮伙成员二

像是生锈的铁链，干涸的墨水瓶，一滴不剩的圣水盆，最近的一座村庄。

帮伙成员三

像是堵塞的排气管，踏烂的蜂房，子宫癌，恐惧至极的冷汗，兔笼，狮穴，性欲冲动。

首领

（拖着一种仿佛不做作的温柔的腔调）曾经有过一段日子，这片飞地的居民是我最喜爱的人民。我的外公就出生在这里。听他给我讲述的事情，我每每都会有一种思乡情怀。在那边有我们辽阔、美丽、富足的祖国，只要一听说这个特殊的飞地，我的祖国就变得微不足道。孩提时，即使在我们这个拥有两千万人口的首都，站在那个拥有九十九个世界奇迹的广场上，我也会因渴望这片飞地而流下热泪，流下最炽热的眼泪——就像飞地语言里所说的"泪花飞溅"！就连我父亲也一再讲起当年他占领这里的岁月，尤其是这里的女人，让他永远也玩个没够，使用暴力也是如此。他特别谈到那一个女人，一天夜里，巨人遇上巨人，他仓促地占有了她，然后，他还在死人床上叹息，相信使她怀上了一个孩子，不像我这个被他称为不中用的家伙，是我的一个王室胞弟。——所以，我对这个在外公看来堪称第一百个世界奇迹的传奇越发神秘：再也不允许这样的事情出现在我的眼里——或许这个地方可以，但这些人绝对不行。不能出现在我的眼前，更不能传到我的耳朵里：这里所说的，毕竟不是什么语言，也不是什么方言，甚至连原始发音都不是——相反，那是最后的语音，换音，是濒临死亡的人发出的。没有什么更理所当然了，当年我们的父辈在战争中进驻这里，非要把这块让所有有美感的人感到气愤的飞地重新划归它原先的祖国，有公元前时期昆卡的如尼文石碑的文字记载，然后又有大约公元六百年的民族大迁徙，再就是有阿布斯农耕篇为证。人们说，这里是最后一块大自然或者自然的东西，称这里的居民是最后的自然人。是的，我也曾有过天性：然而在这里，大自然的震惊使我的天性立刻荡然无存——这应该是我们的目的。就像我放弃了自己最后一丝天性一样，所有的人都应该这样！当时见到第一个敢跟我叫板的飞地少年时，我就已经知道了：我想成为他的敌人！我要打败他，直到他的尽头？不，没有尽头。铲除他。但不是一下子，而是渐渐地，斗争一步接着一步，从外到里，直至他彻底完蛋——使他梦想破灭，大势已去，渐渐消失，而且这没有尽头。把这里的居民从他们这块立足之地上赶走，因为他们是远近出现的唯一的人，而且还有类似立足之地的地方，首先就是他，因为他离乡七年的岁月更加巩固了他在这里的地位。此间我无论去哪儿，这个人到处都有——每当我说到"人"时，父亲都会给我一记耳光，对他来说，"人"是一个有伤风化的词语——他的地盘，整个空间里他无处不在。是的，在他返乡之后，这家伙的名字我都不愿说出口，我们要一步接着一步跟他斗，把他从这空间里赶走，连最后的角角落落都不放过，并且也不放过这个空间，这最后一块虚假的大自然，要吞噬、焚烧这个空间，整个这片剩余和阴暗的飞地。而这就是我的使命，我的天职：要向世人证明，事实上早已不存在什么空间了，哪儿都没有，这里也一样。空间：过时了；"空间"这个词：陈旧的词汇，非常可笑，古法兰克语。把词语和事物彻底根除。空间，大空间，空间布局，小空间：全都不复存在了。要向世人证明：这里的空间是假象，空中楼阁，海市蜃楼。不值一提了。无论对谁来说，地球上已不再有小小的死亡空间，更谈不上什么生存空间了。这就是新的开始，只有这样世界才能重新开始。只有这样才有新的世界，独立存在，摆脱那些破损不堪的空间。要向世人证明：盯着空间企盼引发的是永恒的期待和寻觅，它们从来都在毁灭世界。让空间失去魅力，重新创造世界。我们，吞噬空间的英雄——空间吸食者，虚伪的中间空间吸食者。座右铭：不要空间，而要刺激——用刺激取代空间！——当然首要的是——狡诈！——我们要竭尽所能，在那个有意识的人返回时依然巩固他的表面位置，让它越来越高，让它扩张跨越边境。只有这样，围猎才会更加行之有效，才能把他从最大可能的空间里一步一步地赶进不断萎缩的最小空间里：最后从死角赶进零空间，再从那儿赶进负空间，再从那儿赶进负空间的底部，再从那儿赶进混沌空间，最终让他从混沌空间自然而然地回归垃圾。这一切应该引起一场轰动，能够煽动起上上下下形形色色的人跟着幸灾乐祸，并愿意参与这场围猎——当下那些独一无二的集体归属感。在黑暗最终来临的时刻，他应该彻底失去尊严，却让人感受不到丝毫悲情。因此，也不允许有孩子在场——他们会为某些事情而痛哭，会因这原本默契的皆大欢喜而闹腾。最后他的心灵或许会变得肮脏不堪，彻头彻尾，唯——块不折不扣的污物。——他究竟有什么我没有的东西呢？为什么他被普遍称为"一个怀着其他忧虑的人"？"一个怀着其他忧虑的人"在我们祖国的语言中到底意味着什么呢？

所有三人

一个英雄！

首领

没错。跟我们那个祖国的诗人写的诗句如出一辙："唯有那些怀着其他忧虑的人才会成为英雄。"你说说，你为什么让那个人成为英雄，而把我看成对手呢？我只知道一首，也是唯——首圣经诗篇——再多就没有了。——你

筹划生命的永恒

们这些尊贵的人现在各就各位吧！切记：你们不准擅自行动，相互抬杠，相互吐火——就老老实实地待在这里；我们是野蛮之人，这对我们来说不是骂人的话。切记：你们可以为所欲为，只要它拥有自己的形式，自己的造型，我们必胜的自信。没有了形式，便走向邪恶，这就是他应得的下场。赶紧行动起来吧，奔赴各个战略要点。现在只会有要点，而没有小孩把玩空间和中间空间的儿戏！

[一阵风刮过舞台，四个人身上的衣物和头发在风中却纹丝不动。首领退场。

帮伙成员三

（走向一边）我一直在看着他，而现在他在我眼里连一丝余象都没有。或者是因为成千上万的余象彼此重叠了。这就是人们所说的空间分割吧？

帮伙成员一

我出去，到那条公路干线上，埋伏在昔日的萝卜窖里。

帮伙成员二

我隐蔽到沟渠里，躲在沼泽里的灌木丛下面。

〔两人一边相互挡住去路，一边抽着响鞭退去。

帮伙成员三

那我就带着对讲机钻进乱石堆里，在上面插一面红旗？要不穿上女人衣服，让人看不出是个灯塔守护者？要不我去挪动南面那条分水线？——我们到底为什么就不能善罢甘休呢？自罗马人撤离之后，自阿拉伯人撤离之后，一直就是这个样子。其实我们的优势早已为所有的民族所认可。世界属于我们，以这种或另一种方式。我们的财富早已遍布天下，我们的专家，我们的分公司，我们知道怎么回事，我们知道在哪儿，我们的程序，我们的缩略语，我们的密码，我们第二套和第十套住房。尽管如此，我们为什么还不能善罢甘休呢？我们是世界上最大的国家，拥有最好的法律，极度发达的文明，最有魅力的女性，最受认可的心脏移植专家，厚得不能再厚的报纸，多得不能再多的诺贝尔奖得主、奥林匹克运动会冠军和在竞赛中获奖的建筑设计师，最完整的童话集，最神奇的诗人，最负盛名的画家，最勤奋的厨师，最分明的四季，最美味的苹果，最值得骄傲的历史，最确定的未来——尽管拥有这一切，可我们为什么还不善罢甘休呢？昨天夜里，我——在我独自一人待的时刻里，尽管作为那个所谓的梦幻强盗民

筹划生命的永恒

族的一员，我还是能够承认这一点——梦见了一个国王，或者说梦见了一个国王的缺失。按照梦中的情形，有了一个国王，天下恐怕最终会恢复太平，太平是人生的乐趣，太平是理想。我们为什么就不能善罢甘休呢？（他扇自己的耳光）想一想吧！——我在想：如果我们这个可敬的首领所指挥的军事行动正好与他刚刚描述的预期相反的话，那会是怎样的情形呢？会让人刮目相看吗？——我嗅出了阴谋的味道。——可是谁会来策划这场阴谋呢？——圣经中是怎样说的呢：世人与野兽有着相同的气息。（他扇自己的耳光）别再多想了。出发吧，前往老磨坊。或者前往那个被水冲刷的河中浅滩？或者前往当地的电视台？（他踉踉跄跄地退去，同时抽着响鞭，不时打到自己身上）

　　［灯光熄灭。

8

　　飞地像开始一样处在始终自由的天空下。**姐妹俩**、**人民**和**白痴**走过来，一身农工的装束，手里提的篮子里装满了万年青、冷杉枝和早春花，花朵不大，却更显色彩斑斓。他们一边用这些花草枝叶装扮那矗立在荒野的大门，一边还唱着一首相当复杂的飞地民歌——一首描写风的歌——但很快就唱不下去了。

人民

他来了吗？

白痴

（跑向边境，充当侦察者）整个荒原到处都飘着扬起的尘土。不，那只是些空塑料袋。一些像月桂花环的东西滚动在他前面。不，那是被风扯断的灌木丛枝。（他回到

大门跟前）

人民

在没有他的十四年里，我成长为一个成年的人民。正是他的离去才使我变成今天这个样子。当他还在这里的时候，我虽然受到激励，不断促使自己奋发向上——这当然也符合我的天性——但他的存在同时又阻止了我奋发进取。他每天都期盼着我继续成长，这令我非常生气。只有在他终于离去的时候，我才能满足他的预期。他现在会为他的人民感到诧异。他走得越远，我在这里就越能茁壮成长。榜样人物在远方：我风华正茂。这样一来，我自己就成了周边其他民族的楷模。去年夏天，在我的建议下，首届世界永久和平大会在哪儿召开的呢？在这里，在我们这儿！绝大多数那些电影，有探险故事，有爱情故事，有中世纪和未来的故事等，又是在哪儿拍摄的呢？在这里，在这个独一无二的地方，尽管它什么也没有，尽管它空空如也。那么谁是那些最具异国情调的儿童读物中的主人公呢？是我，飞地人民！他现在回来了，挂着一身胜利的棕榈叶花环，这个横渡白令海峡的英雄，这个波希米亚的拯救者，这个从明尼阿波利斯归来的胜利者，这个海上钻井平台的灭火者，这个女皇的书法家，这个拉普拉塔的隐居者，这个马德雷山脉的失踪者，这个雪人的发现者。他会增强我的人民意识，还是让我的意识化为乌有呢？有了他，我们将会整齐划一，还是他在我们身边是多余的？他会来吗？还是他不会来？

白痴

（又一次跑向边境去侦察）没有人从罗马人桥上走过来。没有人在边境界桩旁等待。没有人在爱抚地拍着牧羊犬！没有人现在跳过护墙，丢了帽子。没有人现在消失在边境的树林里！（他和其他人跑着退去——那扇大门已经装扮一新）

人民

（在奔跑中）女叙述者，美貌，年轻：你在哪儿？我们又需要你了。

[**菲利普**跑进来，将一个南瓜一般大的苹果放到大门上，当作拱顶石。很快退去。一阵风吹过那悬饰。

巴勃罗

（进入飞地，身穿长风衣，两手空空的，在边境前沿停了下来）啊，空间！在我的记忆里，这里始终是早春：蓓蕾溢彩流光尚无一片花叶，鸟儿的翅膀从阴影里闪现出光芒，绿油油的苔藓令人心旷神怡，而树林里则到处灰蒙蒙一片，就连那沙沙声和呼啸声也好像时而近在咫尺，时而又远在天边。这里永远都是早春。对我来说只有这里吗？这种沙沙声和呼啸声不是到处都能听得到吗？当时在戈壁荒漠里不就是这样的情形吗？那个先知，或者是谁当时坐在自己的岩洞前呢？从那种最微妙的呼啸声中听出了天使的嗓音，而且文献中不也记载着：当时正值早春时节。只是当时上帝或者其他人，在风中对先知或者谁所说的压根儿就不是什么美妙或温柔的话语，而是向他传达了威胁，针对的是这个所谓优等的人民，是地地道道的诅咒，谩骂，各种各样的毁灭方式。那么我们现在从这里早春的呼啸声中听到什么了？来吧，天使，另外一个！（他侧耳倾听）再也不走了。待在这里，直到那遥远的死亡。工作。研究。是的，自由自在地遵照便西拉的智慧之说：在自己的劳动中变老。不再充当胜利者，而要成为关怀者——当今的创造者。宁做一个有耐心的人而不是一个英雄。为我和这里的同胞创立法律，它们前所未有过，它们自然而然一目了然，它们也可以适用于任何地方和所有的人——也适用于我自己！别变得狡黠——锋芒毕露！这个被世界遗弃的飞地不再可能是我们的栖身之地。为什么不上台执政呢？要有对权力的欲望，因为这符合早春所激起的欲望。实施一种全新的、在历史上前所未有的、故而最理所当然的权力——像一场友谊赛一样的东西，它毕竟会产生影响。以一种在历史上还从未有过的方式热爱权力，这样一来，在全球范围内，这个词恐怕就获得了另外的意义，并且与有轨电车、小溪河床、市郊、第一场雪，或者与板肉、桌布、五行打油诗、多米诺骨牌，或者干脆与早春为伍。一定要建立另一个社会，不是现在这个要么躁动焦虑要么松弛懒散的社会——另外的建筑，另外的形式，另外的运动。谁会相信今天处在这个正确的时代——真的就处在这个时代呢——，除了一些运动员和短跑选手之外？在我四处游历这个世界的那些岁月里，这个问题始终伴随着我……（他侧耳倾听）完蛋了。我在风中压根儿什么都听不到了。而永恒不变的无非是我的厌世情怀。这是我唯一的法则吗？（他侧耳倾听）啊，现在是我的祖先的声音。你们说吧。（他侧耳倾听）"巴勃罗·维加，你在这里没有什么要寻觅的。立刻越过边境回去吧。到别的地方去展示你的流动奖杯吧。你栽下的那棵苹果树在哪儿呢？你亲手制作的那张桌子呢？你儿子在哪儿呢？你的后裤兜里塞满了奖牌、金质贝壳和银质蕨叶，还有本年度因一项新型沼泽地退水技术由远东西部科学院授予的'浮士德'奖。"——你们说得没错：当年在那个强大的异国里，我赢得生平第一项八百米赛跑。当时，在各种荣誉的簇拥下，我曾经希望这胜利者的手中捧的是一束家乡的荨麻。我在加里西亚拦住受惊脱缰的怒马时，正好在校园里，而且是课间休息期间，人们为此上千次拥抱我，在离去时，我因为厌恶自己而大把地揪去自己的头发。几个世纪以来，从亚历山大·冯·洪堡[1]到赖因霍尔德·梅斯纳尔[2]，人们都在徒劳地寻觅着雷亚尔河的真正发源地，而就在我发现这个源头的当天，我立刻就心满意足了，甚至连鞋带都断了，我对着整个曼萨纳雷斯高原大声喊叫，直传到雷亚尔城以外，出于愤怒，或者出于仇恨，或者出于对生活的厌倦。这不公平。——可是我并非一个恨自己的人，我把自己看作朋友，像一个父亲一样对待自己——不，不是像一个父亲，无论如何不像我自己的父亲。从那以后，我也真的渴望干出一番事业来，去干，去创造，去努力，而且也向往这样坚持下去，天天如此，永无止境；

---

[1] 亚历山大·冯·洪堡（Alexander von Humboldt, 1769—1859），生于柏林，著名的博物学家、自然地理学家、旅行家。

[2] 赖因霍尔德·梅斯纳尔（Reinhold Messner, 1944—　），意大利登山家、探险家。

打造桌子，改良水果，熏烤火腿，庆祝复活节之夜？就我来说——只是某些别的东西符合我的心愿。我想要得到那份荣誉——"切记：追求名望并非罪孽！"，有人在一部电影里这么说道——取得一定的成就，我也打心底里暖洋洋的；只要我取得成功，我最先希望的，就是与人分享。和谁呢？尽可能多的人。而当没有人与我分享时，才会产生厌恶之情。——尽管如此，当我又从一辆凯旋车上跳下来，并且在人群里又被那样欢呼簇拥着时，直到此时此刻，还没有一个人会在一小时之后不令我感到厌烦的，也包括我自己。那样的场面愈宏大，陶醉之后的清醒也就愈发可怕。迄今在我的人生中，没有任何成功或者胜利的一天不伴随着罪责和死亡。——或许吧，迄今的一切都是徒有虚名的行为，而真正的壮举现在才等待着我去实施，因为在实施这样的壮举时，喜悦最晚在入睡前不会被苦闷和罪责感所替代？我的梦想不是追求一种像吉尔伽美什国王那样，或者像图坦卡蒙法老那样，或者像萨尔瓦托·朱利亚诺[1]那样，或者像格瓦拉那样长生不老，而是没有死亡的一天。——那么我的归来现在就要好好庆祝一番？这些

---

[1] 萨尔瓦托·朱利亚诺（Salvatore Giuliano，1922—1950），意大利西西里岛历史上著名的黑帮首领，曾公开向政府宣战，最终被击毙。

白痴。只是被所有的人所遗忘，时至今日我却看到了人性和法则。噢，我们所有的人都各在其位，而我却是众人里的最后一个，模糊不清，难以辨认。睡一会儿吧！

[他穿过舞台走向那扇被装扮一新的大门，同时有一片树叶从他身后飘过来，后面蹦蹦跳跳地跟着一只鸟儿——鸟儿后面又跟着一条无声无息的大狗——大狗后面又是一只更大的、更无声无息的怪兽——然后才是**那个年轻美貌的女叙述者**。巴勃罗并没有察觉到这一切，他靠着大门坐了下来，继续说下去，双眼紧闭，而这一群动物则从另一个边界退去，好像被绳子牵着一样。**女叙述者**靠在第二根门柱上；她穿着农工或农民的节日服装。

巴勃罗

飞地这儿的人们：我在远方常常多么渴望见到他们啊，见到每一个人，见到所有的人：渴望他们的真挚与粗俗；渴望他们既向往天空又脚踏实地的品格。然而，我现在感觉越是接近他们，他们就越发显得模糊不清。啊，我的母亲：她立刻会一如既往，吼着大嗓门，当着其他人的面要置我于死地，却又从远方暗暗地期盼着我，就像我是她唯一的救星一样。啊，她的妹妹：她会一如既往地扮演着那个经历过所有时代最伟大的爱情故事的年轻姑娘，足以与童话故事"睡美人"和《乱世佳人》中的爱情故事相媲美，而她早在十四年前嘴里就只剩几颗残牙，并且下巴上长出几缕蜷曲的毛须来。啊，我亲爱的表弟菲利普：他会立刻向我挥手致意，不仅捧着他那本当地编年史，连同所发现的石油、硫黄和菌类，连同世界飞碟射击锦标赛和搁浅的鲸鱼——以难以辨认的字体记载了一切——而且还捧着他自己出版的十四本诗集，而事实上，他依然还会像四岁时一样，跟在自己的母亲后面一瘸一拐，还会像当年在牛圈里一样，手里总是还拎着那个小板凳，每当母亲挨个儿给牲口梳刷时，他就站到那个小板凳上，就这样站着寻找着母亲的奶头，吮吸着奶汁。再说吧，啊，我马上就又要看到飞地人民了，连同那无法治愈的对眼，那弯弯曲曲的膝盖——这不仅仅是这里的山地所致——那副祭祀羔羊的神态，坚韧却永远沮丧。啊，那个飞地白痴，他又会一如既往，惊奇地打量着我，当然那是笨拙虚假的惊奇，而不是真实的惊奇，一种还没有产生什么影响，带来什么变化的惊奇。另一个社会？另一种解决方案。——来吧，最短暂的睡眠：比起我的跳台跳水、观测显微镜和计算机编程来，你始终更为可靠地为刷新世界色彩做出了贡献。

世界色彩？游戏色彩。睡觉之前：不幸的结局。醒来的时候：清醒地继续玩色子游戏。

［停止说话。风吹过场地。蟋蟀声？远方的、越来越近的口琴声和单簧管声？

女叙述者

（对着那个睡眠中的人）想一想。回忆吧。让我讲给你听吧。当初你被铁丝网绊住，那个白痴跑过田野，把你从铁丝网里弄了出来，然后你问母亲：娘，为什么这个白痴长着如此细嫩的双手？——像人民一样，你或许也带着他那天生的死亡目光，仿佛每一天都是他在地球上的最后一天，然后在这样一天里，当着你的面表现出对生命不是没有意义的深信不疑，对宇宙中恰恰选中这个星球的深信不疑，对他，也就是人民，至高无上的永垂不朽的深信不疑。——像你母亲一样，当她有一次一声不吭时，那样的沉默与这个国度里任何一种所谓的沉默截然不同。——还在上学和学前班之前，她就让你一个人独自一天到晚待在飞地树林最深处的黑莓丛里采摘果实，直到天色很晚时才来接你回去，丝毫也不顾及你几乎还是个不会走路的孩子，而你却在所有这些时刻里，或者是好几天？看到自己受到如此无忧无虑的保护，即使一个人，却不是孤零零的。——而且像后来一样……在那个星期天的上午，你们一块儿坐在草地之间的长凳上。——如此举不胜举——让我讲给你听吧。你是人民的一个孩子，一直都是。通往人民之路不是回头之路，而是向前之路。而那个白痴，就是你。（她踹了一脚将他唤醒。她的头发迎风飘舞，样子十分可怕）

巴勃罗

我认识你。

女叙述者

是的。

巴勃罗

你是瓦帕莱索城那个年轻的寡妇，刚刚接手了那里的港口酒吧。你是梅丽拉城的女走私犯，在夜色中越过边境将我带到了摩洛哥。你是马赛港那个少女，住在埃姆巴卡德城区第五栋楼二楼左手第一个房间里——这就是曾经的你。现在这样很公平！

[在此期间，飞地所有成员悉数登场，穿着朴素的服装，**人民**和**白痴**演奏着单簧管和手风琴，**菲利普**扛着并挥舞着崭新的飞地旗帜，旗子的面料和颜色与头顶那自由的天空遥相呼应，透光，几乎是透明的。现在开始演唱飞地赞歌，先是独唱，然后合唱。

菲利普

当时风在白天吹，

我希望那是夜晚。

姐姐

当时风在他乡吹，

它把我吹回了家。

妹妹

当时风吹在家里冰冷的炉灶里，

他希望风吹在春天的树林里。

人民

当时风是下降风，

我躺在下面的战场上。

白痴

当时风又是一股上升流，
和平的到来还很遥远。

五人齐唱

风在夜里吹，

我希望那是白天。

风在我家四周吹，

它把我吹到了他乡。

风撞击我的后背，

我宁愿它吹着我的脸庞。

风吹在我的面庞上，

我希望它吹得轻柔些。

风吹得轻柔，如此轻柔，

而我的脸庞却已太苍老，

太迟钝，太麻木。

然后我梦见了儿时的风，

但是从那里刮过来、吹过来、

掠过来和呼啸过来的是

历史之风，

战争之风。

菲利普

另一首飞地风之歌的时代来临了！

我今天从边境小桥上走过的时候，

从下面的溪流里刮上来一股河流之风。

然后到了第一栋房子前面，

轻盈的和风将我俘获——

巴勃罗

［插进去。

当我随后转弯的时候，

今天在这儿刮起了

主干道风，

刮起了行动之风，

这里，这里，还是这里。

　　［在此期间，**空间排挤帮**也不期而至，他们穿
着那身僵硬、近乎白铁制的行头，却与他们以往那
贴近对打的姿态正好相反：保持着夸张的距离；摆

出一副对这个广场及其居民毕恭毕敬的样子；避让
那里根本就没有要避让的东西；要是他们中某人变
得躁动不安的话，就被其他人告诫要收敛一点——
首先是相互阻止这帮人特有的不间断的单腿颤动，
也就是说无论站着还是坐着总有一条腿在摇晃和抖
动；最后停留在舞台纵深那块再小不过的空间里，
犹如到了悬崖边上，小心又灵巧地展示着像屋顶工
人一样的动作。

姐姐

（拥抱着**巴勃罗**）儿子啊，你居然在此时学会了唱
歌。现在再也没有什么你不会的东西了！

妹妹

欢迎回家，早春男人！那边大门上的早春花全都是我
摘的，在外面的树林里。（对着这一圈人）再说呢，正如
我所预言的那样：巴勃罗·维加和罗莎丽亚·李娜雷斯，
或者阿尔穆德娜·佐默尔，或者不管她叫什么名字，你们
瞧一瞧啊，是天生的一对啊。

〔一片稀稀落落的欢呼声，可以说，舞台纵深那个

空间排挤帮成员也跟着欢呼起来。

巴勃罗

[朝**女叙述者**看了一眼，目光又移开了。

女叙述者

[也朝他看了一眼，目光又移开了。

巴勃罗

[目光又回到她的身上。

女叙述者

[目光也又回到他的身上。

[**两人**就这样保持着距离，成为夫妻；停止对视。

菲利普

（从地上扶起他表哥，显得很吃力。然后说道）从
今天起，我期待你也能如此，而且更上一层楼，天天
如此。

人民

（跟**巴勃罗**握手）你简直就是个怪人啊。（退到一边）永远就这样怪下去。——一个多么喜庆的日子啊。（退到一边）但愿又是一个工作日就好了。——你是一个高贵的人。（退到一边）我干吗需要一个高贵的人呢？——你一来，一切都变样了。（退到一边）最好是一切都保持原原本本的样子。（他当着**巴勃罗**的面磕出单簧管里的口水）

白痴

（揪着**巴勃罗**的头发，拽着他的大衣，将旗子从他的两腿之间扯过去……然后凝视着他，而且可以说是在预言）你会把这些为你准备的彩带扔进沟里去。你会在你的凯旋门上撞破脑门。你会让那些仰视你的面孔一个个从你身边扭过去。你会转身离去，永远不再回来。

［相反，**巴勃罗**在**女叙述者**的推动下，一而再，再而三地迈步穿过那扇大门；站在大门里伸开双臂；抚摸着大门上的彩带；在那个南瓜一般大的苹果上咬了一口；从**白痴**手中夺过旗子插在大门上方。一阵风吹过舞台。

筹划生命的永恒

女叙述者

[跺着脚或者拍着巴掌，仿佛在给他打着节拍，场地上所有其他人，也包括那些**空间排挤帮成员**，都跟着打起拍子来。

巴勃罗

从今天起，这里不再是一个飞地，而是一个独立的国家。地球上所有其他国家都已承认了我们是独立区域，是独立国家，是如今世界上 1007 个国家中的一个新成员。我们要利用这一点。再过一百年，即使地球上只剩下漆黑的呼啸，也要通过我们当今这个时代，让被称为阳光、色彩、图像、舞蹈、音乐、声音、幽静和空间的东西传承下去。从今天起，你们，恰恰是你们，这些长久以来对空间无所适从的人，这些天生就长着一双对眼的昔日的飞地人，要散发出这样的光彩来，作为新型民族屹立于其他民族之中，这些民族此间全都分崩离析，成为一个个宗派，民族越大，宗派就越多。我不会再离开这里了。我要为我们的国家创立一部宪法。一个在这里适用的法律，一部又一部全都是新的。没有这样一部新的法律，阳光、色彩、图像、舞蹈、音乐、声音和幽静在当今的历史条件下只会是偶然的，缺少活动空间和基础。一部法律，它不是限制

236

生存，而是替代生存，或者既限制又替代生存。如果我谈起生存或世界的话，那我所指的是其他一些东西，并非当今人类的总和！一部为每个人发现、昭示、给予适合他的空间的法律。有了这个法律，你们不会再偶尔地说出"好极了！"，而是直言不讳地说个不停："这样好。好得很。"如果我在这里能够如愿以偿地创立这部新法律：同胞们，这将是一场空前的胜利，它与我此前的种种胜利截然不同，绝对不会使我陷入毫无止境的忧郁之中。人们就会在这里一辈子都怀着一种独一无二的明亮的思想，而不仅仅是我一个人。你们现在已经看到了这一思想的火花：此时此刻，在这早春时节比比皆是。你们看呀。

〔在他演说期间，从舞台纵深处传来一片喧闹声，并最终转化为谩骂、咆哮和骚乱。那个有意识的末代皇帝登场，地地道道的黯淡无光，每走一步还会失去一分光泽，被一个年轻女子，也就是那个女难民搀扶着，她同时还费力地拖着自己的家当。他们拐来拐去朝着那扇大门走去，国王边走边那样夸张和可悲地展示出自己"最终的姿态"。然后他紧紧抓住大门，仿佛那是一个避难所，一只母鸡？夹在胳膊下。接着一声枪响，国王瘫倒在地，那只母鸡？跑走了。女难民在最软弱无能的菲利普那里寻求庇护。此时空间排挤帮已闯入场地，转眼间就把国王的尸体连同权杖和王冠弄走了。那个首领又返回来，趾高气扬地站在大门口。

首领

随着这具尸体的消失，地球上最后一位国王也消失了。而且随着这个国王的消失，那种思想也消失了，或者说是满目疮痍的思想碎片，它以"王权"的名义哆哆嗦嗦地穿越当今的世界。剩下的只是这四个纸牌国王了。一个既有土地又有臣民的王国这样的东西，这个末代国王反正早已不再拥有了。他只能在世界的边缘像鬼魂一样出没，从一个边境被驱逐到另一个边境，这个犹太人意义上永久的国王，昨日还是电影里的群众演员，今天却成了一个鸡贼。如果说昔日那些疮痂病患者从世界各国前来朝拜他的一个个前任者，以求让国王之手摸在头上祈福祛病的话，那么他自己就是疮痂病和疥疮患者了，漫无目的地游走于世界各国，期待着有人将手放在他的头上。而他现在恰恰落入你们的手里，流落到这个绰号叫"国王避难所"的地方。然而，即使对他的尸体来说，这里也不再是那样的地方。无论在什么样的地图上，埋葬地球上这个末代国王尸体的地点都会消失得无影无踪，甚至也被人从那梦想的地图学中，也就是那无休无止的、幼稚可笑的转世和所有那些蛊惑人心的再生的温床里抹去了。"那些与国王息息相关的东西"，这虽说曾经是对那个特别的现实的描述："国王之路"曾经是现实之路，"皇家球队"通常都打最强大的比赛。可是从今天开始，这王权已经死亡了，死得如此彻底，以至于它不再可能变成幽灵。提起"国王"来，你们会想到什么呢？稻草人。再加上百搭和爱斯。吞食人肉。46码鞋。踩着舞伴们的脚。血友病患者。提前退休者。穷途末路。难道不是这样的情形吗？国王游戏已经玩到头了，难道不是吗？你们的新游戏长存，你们全新的游戏长存。你们的新法律长存，就连边境那边的我们也在迫切等待它的创立。在古代雅典人那里，当那个新的立法者出现时，那些国王也就完蛋了。新古典时期长存。（他将那顶此前一直搭在背上的王冠挂在大门上，一副漫不经心的样子，就像在挂一只铁皮盆似的，随之退去）

人民

"王国"、"El Camino Real"（皇家大道）、"Mancha Real"（皇家污点）、"Real Sociedad"（皇家学会）、"皇

家学会"、"国王与我"、"El Pueblo Real"（皇家子民）、[1]
"皇家子民"、"皇家监狱"、"皇家赤脚女人"：其实都是些
美妙的词语，富有乐感的词语。

白痴

明天国王将会在我的茅舍里吃晚饭。他将会向我展示
他的王后与王子们的照片。然后我们就会收看皇家电视节
目。到了后天我将会等待着皇家的来信。

女叙述者

（对着**菲利普**）编年史作者，档案管理员：你都记录
下来了吗？

菲利普

（朗读着，**女难民**也跟着他一起读）在布宜诺斯艾利
斯的港口水池里漂浮着一支铅笔。从纳什维尔开往新奥尔
良的公共汽车上，有人在翻阅体育报。山区里现在已经是
夜晚了。新地岛和西藏正下着雪。月球上，一大块石头正
滚入火山口里。阿留申群岛上，有八座火山正在喷发烈焰。

---

[1] 文中的外语为西班牙语，括弧里为译文。

空荡荡的奥林匹克体育场的草坪上放着三个球。（转向**女难民**）每个难民都可以在这儿获得庇护。你愿意留下吗？

女难民

愿意。

菲利普

留在我这儿？

女难民

是的。

菲利普

可是我一事无成。我连学都没上完。我的房子——我母亲的房子——抵押给了对外空间利用银行，花园里所有的树木都被田鼠连根咬坏了。迄今为止，我输掉了每一场比赛、每一次打赌和每一次诗歌比赛。我在过去十四年里所撰写的地方编年史尽是斑斑墨渍。哪怕是最丑陋的女子也都远远地躲开我——如果万不得已的话，她们会拐进一片萝卜地，穿过两片沼泽地和三个布雷区。我是当今世界上最大的失败者和无用的人。

筹划生命的永恒

女难民

这样也好。最好就这样。（两人相互拥抱，接着**巴勃罗**和女叙述者也拥抱在一起）

巴勃罗

我们的出发点和基础：渴望和正义。我们为整个国家的目标：梦想与工作；Sueno y trabajo（工作与梦想）；Trabajo y sueno（梦想与工作）；[1] 职业与梦乐。我们的期限：适度！我们的新法律：一部令人快乐的法律。如果有法律闭口不谈的东西，那正是它的优雅之处。

[所有人快速退去。

[灯光熄灭。

---

[1] 文中的外语为西班牙语，括弧里为译文。

9

在始终自由而晴朗的天空下，情景进一步扩展。这时，**女叙述者**走进来。情景的扩展首先是搬走舞台地板，就像要露出下面更深的一层来，同时在这里又出现了一只轮子的部分，一只远比开场时更大更华丽的轮子，又出现了一艘整装待发的小船的部分。那扇大门在舞台纵深处有了一个对称物，这个对称物更显霸气，装扮它的不是彩带而是金光灿灿的东西，而且有一道大门栅栏，后面显而易见是一片特殊的新辖区，对它来说，前面的情景不过是前场而已。**女叙述者**在扩展现场充当指定位置的人。

女叙述者

时光流逝，飞地并没有扩展自己的边境，却成了一个辽阔的国家。地下层一天一天地向上隆起来，最终挺进另一片领域，就像是一片海底，一头鲸鱼的背露出了水面。这是那个人的杰作，他就是我的丈夫。我们国家目前实际上是地球上唯一自由且空旷的地方，人们远道而来，就是要让人家来帮着清除他们脑子里的堵塞物。每一位来访者，即使他在抵达时说："这么小！"可临别时他都会回头说道："多大呀！整个世界！"来访者？丈量尺寸的人。目测尺寸的人。呼吸清晨新鲜空气的人。这片飞地成了一个帝国。是的，一个帝国。因为我看到的是这样，我也这样去讲述。今天一大早，在那些露珠中，草丛里的露珠是唯一呈青铜色的。一张木桌是灰色的。一把铁锯锈迹斑斑。一只羚羊与一只兔子嬉戏，兔子旁边站着一头狮子，与此同时，佛陀圆寂，鱼儿大叫，地球抖动，乌鸦黄色的嘴里衔着一颗核桃。身在一个帝国里，这就意味着，眼看着各种日常现象都被打磨成水晶。（对着自己）别下定义。讲述吧。也多亏了你的叙述，这里目前才是一片如此辽阔的国家，这里目前起作用的是另外一个历史。——如果人们自然都这么想就好了。尽管我作为漫游叙述者足迹遍布世界各地，但我还从未遇到过一个民族如此缺乏信念地安身立命——而信念则不同于那毫无疑义的、盲目的希望——一个民族，好像它自古以来渴望的无非就是走向灭亡，为了这样最终和它所有那些失败的、惨死的和默默死去的祖先融为一体。这个民族只愿意听关于祖先的讲述，尤其喜欢听他们遭遇的灾祸、疾病、精神病发作和饥荒，只有在描述他们那些可敬又可怜的祖先弥留的日子、最后的夜晚、垂死的挣扎和死亡的惨叫时，这个可悲的民族的眼里才会闪现出光彩来。毋庸置疑：不是我的叙述——唯有法律才能改变这一切，刑法，它们惩罚的就是如此热衷于从乌鸦到乌鸦世界的民族苦难史！为了更伟大的生存，眼下已经万事俱备——唯独少的就是这个法律——只是那个预先指定的当地立法者恰恰就是飞地民族一个值得尊敬的儿子。一个出众的男人将我引回了家。引回了家？他终于到达了所有那些令他十分沮丧的功名、利禄和辉煌的彼岸，没有被浮士德先生追逼，没有那种病态的创作欲望——而且每天早晨都会这样开始，仿佛他，仿佛这个世界已经走到了尽头，一如既往。我对他说："多亏了你，这里才有了让人效仿的东西——看看那些所有从外地来的优等生！"他会回答道："让所有的老师和优等生都见鬼去吧。杰作不过是见不得人的勾当的另一种表达。"每天早晨我都必须更深地呼吸，为了呼出我丈夫体内对他自己的怒气，激励他继续工作。恶性循环：我越使他接近目标，我就越为他感到担心。他越是追求，我就越觉得这种追求不对头。他是遥远和辽阔的化身，但同时哪怕遭遇微不足道的挫折的时候，又想把自己和世界炸得粉碎。如果说他今天是个"怀有其他忧虑的人"的话，那么第二天早晨他就会完全变成一个被最琐碎和最微不足道的忧虑拖累的人："今天我的鞋带会扯断吗？花园的门锁好了吗？皮肤上的这个斑点是癌症的征兆吗？"他为这个国家创立的法律同样对他个人也是必不可少的。不然的话，它还会在这里令人沮丧。它会在这里令人沮丧？别问了。叙述吧。

　　[在她说话的时候，不断有**陌生人**，"来访者"穿过舞台。最后**女叙述者**加入他们的行列，和他们一起退场。

　　[灯光熄灭。

10

这个国家在自由广阔的天空下。春天。寂静。乌鸦嘶叫。原来那扇大门上罩了一层黑纱，"被发掘出"的小船和车辆也被遮盖起来，像是用工地遮篷或者汽车防雨罩盖的。表兄弟俩分别从两侧登场，穿着丧服，手执两根点燃的蜡烛，登场后将其吹灭。

巴勃罗

现在我们是这个家族仅剩的人了。

菲利普

我要不了孩子。而你则不想要孩子，依然不要。这样也好。这也自有它的道理。

巴勃罗

你应该叫"常有理",或者"强词夺理"。

菲利普

维加就是河谷低地,"河谷草地"的绰号就叫"常有理"。

巴勃罗

失败得越惨痛,意义对你来说就越肯定。各种情况越是充满敌意,对你来说就越理所当然。世界越是令人厌恶,你就越发高唱生存快乐之歌。胡闹越是令人沮丧,你就越发满心欢喜地相信命运。我们俩生活的日子也好长了,你的损失、痛苦或是耻辱一天比一天多,而你却这么高兴,你甚至不感到一丝惊讶。——那么现在讲一讲你的母亲是怎样死的,从头至尾,任何细节也不要放过。

菲利普

这里每个人都知道,你在自己母亲临终前逃跑了。当时她声嘶力竭地喊了三天三夜,甚至在最偏远的角落里都可以听到她的喊声,而你却将自己关在你那隔音工作堡垒里,继续苦思冥想你的世界法律。

巴勃罗

不，当我一筹莫展时，我整天整夜都在那里睡大觉，一如既往。但是当我醒来时，我的工作的确就有了进展。

〔两人停止说话。风短暂地刮过舞台。

菲利普

当年，我们的母亲在同一天夜里生下了我们，现在她们又在同一天夜里死去。——是的，在迄今为止我所经历的所有事件中，母亲的死是最令我感到高兴的。没错，当时我日日夜夜都守在她身旁，但并非出于作为儿子的义务，而是因为极度的关注：我不想错过任何瞬间。当她开始垂死挣扎时，我更近地凑到她跟前，将身子更深地俯在她上方：没有比这更甜美的一幕了！她的最后一夜是我喜悦的时刻。如果说我当时看到了某些豁然敞开的东西，那它绝对不是什么坟墓。是的，没错：窗前有只小枭在号叫，但这并非不祥的呼叫。拂晓时，母亲伴随着每一次艰难的喘息、怒号的呼吸、哀诉的呼吸一步步地远离人世的时候，屋外的苹果树却纹丝不动，但是这也不意味着什么，根本不意味着什么。刚才还紧握着我的那只手从我的手里滑落了，母亲做了垂死的挣扎，死亡的汗水四下飞溅，我从座位上一跃而起，想实实在在地捕捉到每一个瞬间，吮吸每个瞬间，舔舐每个瞬间，收集每个瞬间，筛滤每个瞬间。之后这个世界变得多么广阔，多么广阔。而我变得多么富有，多么富有。（他胡乱敲击一只吹弹式口琴）

巴勃罗

对我而言，那些垂死的人都是扫兴的人。认识我母亲的人都知道，她作为垂死者，恐怕会无所顾忌，要让她身边的人显得更坏，更有负罪感。要是我在她弥留之夜里守在她身旁的话，那她恐怕会背过身去面朝墙，直到生命的尽头，她临终前的每一声呼噜或许都是为了再责备我。"你摆脱了我，这下可高兴了。""你从未爱过我。""你跟你父亲一样。""你没有为我的兄弟们复仇。"（他从大门上扯下黑纱，上面还装饰着用早春花编织的彩带）为什么你们向来都和死亡一起跟踪着我呢？在我的工作日复一日即将大功告成的时候，我为之而发出的欢呼却夹杂着那种死亡的强迫感，欢呼声越响亮，这种感觉就越阴森。然而，多亏那个当我妻子的人，我此间热衷于"连续不断的状态"，于是在最近一段日子里，除了有两个死亡的母亲萦绕之外，又有了第三个念头加入其中：长生不死的念头。当然这并不意味着我相信人会长生不死。我只是开始理解，恰恰是基于我的欢呼和我的恐惧之间的转换，这样一种念头究竟是怎样形成的？功勋卓著的吉尔伽美什国王最后也开始寻求长生不老之术，结果生命垂危，因为他没有追求到长生不死，这大概就是我们最早的史诗吧。然后是古埃及的法老们，他们的权力越是光芒四射，每个人对于横渡永生之海的筹备就愈加坚决、缜密，同时也更加疯狂。看一看他们的死亡之船吧：这就是准备好了要克服到达永恒的生命地点之前的千难万险。每一次横渡，从现世的死亡启程，经过长久而危险的航程，最终到达彼岸长生不死的地方，法老都为他的渡船设计并让人建造出包括工具、武器、口粮和卫兵在内一套如此丰富和精巧的齿轮机械传动系统，以至于这个系统在创造力方面远远超过当下任何为生计和生存而设计的系统。在整个人类历史上，再没有比那种国王对死亡的恐惧更全面和更加目标明确的能量了！再没有更强有力的绝望了！（他一把扯下罩在那小船上的帆布，它虽未完全竣工，却比以往任何时候都显得更为高大和绚丽，那辆单驾轻便马车或者两侧有栅栏的马车或者贵宾豪华马车会同样如此吗？它……）是的，我就是这样理解那种长生不老的念头的，它首先是当时那些统治者所梦寐以求的，只是关系到他们自身，出于无比巨大的恐惧。你想象一下，这里是某某法老的超度之船，在下水试航之后的四千年岁月里，它越来越深地被埋在利比亚的沙漠里，几乎什么都没有留下来，船体内部早已腐烂或被洗劫一空，这一情形会告诉你什么呢？死亡的恐惧，是最纯粹的，长生不老的能量，是更纯粹的。

菲利普

这两点对我来说都很陌生。

巴勃罗

可你不是曾在一首诗中这样写道："现在和现在，二者在互相残杀。"无论怎么说，这种习以为常的时间会要我的命，用它的现在和现在，用它这样的现在，和这样的现在，用它早晨的狭隘和晚上的宽广，颠倒过来，今天和我在一起，明天却又反对我。在我看来，这种普通时间的变化无常并非出自我，而是出自它，也就是这种时间——出自我们这儿现在的时间——出自我们特定的当下和时代。我们的日常时间赋予我们一切，现在是那种统一的陶醉，现在是分崩离析，一切的一切——唯独没有分寸或结果——确切地说，是掌握分寸的才能，人们不就是这样说一个合理分配时间的斗牛士吗？这个现在的时间是一种地地道道的专制时间，不允许我们成为它的伙伴或者参与者。甚至连终极时间这样的东西都不会作为安慰向我们任何人招手，而在这样的时间里，每个人至少不必可怜巴巴地独自死去——就连终极时间也已经过去了——而是时间现在正慢慢终止，跳向远方，拖着沉重的脚步，停滞不前，翻着跟头，带着一种可怕的无限蜿蜒向前，而在这无限之中，我觉得自己更加有限，更加短命。这个现在的时间，正像我们正在经历的，已经不再是我们的时间。当我想到长生不老时，那么它就会迫使我寻求一种新的时间方式，并且为了证明它，同样要寻求一种新的法律。

菲利普

我所熟悉的这种时间是我的朋友，或者对我来说是我的上帝，伴随着每一次失败越来越强烈。那会是什么样的悲剧呢，我这样想象着，假如我突然之间交上好运和取得成功的话。

巴勃罗

你以你的时间所经历的历史，无论从哪方面来看都是独一无二的。但是我，而且不单单是我，则需要为一种新的时间方式创立的新法律。十分紧迫。而且这是可能的。我会做到的。或者凭空想象。易如反掌。完全易如反掌。

而在我如愿以偿的时刻，这种愚钝而漫不经心的现在时间就会获得一种史无前例的秩序。一种发现者的秩序。是那种意义上造成无序的反面，比如说一个高尔夫球场会使一个地区变得混乱不堪。

菲利普

你的法律令我感到害怕——还是留给你自己用吧。尚在它完成的当晚，你就会纵身跳入埃特纳火山或者一头栽进地球上最后一个粪坑里。

巴勃罗

有可能——是的，有可能。而且有可能，我要把你们所有人都一起拽上。

［灯光熄灭。

11

　　这个国家始终还在自由的天空下。正值夏季。舞台背景发出亮光，而背景之后还有背景。蟋蟀声。工作——船只、车辆等——几乎已经完成；大门两侧分别栽了一棵低矮的桦树；后面的对称物宛如一座纪念碑闪闪发光，而地面射灯从纪念碑起延伸向纵深，就像是飞机跑道；也许在另一侧，延伸向远方，是一片麦田的一角。刮着夏日的风。**空间排挤帮**此刻越过田野闯入场地，穿着他们那僵硬至极、白铁制的空间排挤制服，制服发出相应的声响。风突然停了。甚至连那一个个东西都仿佛惊呆了，尽管他们暂时只有三个人，那个**首领**不在其中。他们不仅拖着罗网和绳索，而且还有专门的吞噬空间、吸食空间和灭掉空间光亮的器械，这些东西从来就没有人见过。他们此刻共同发出了战场乌拉声，**帮伙成员三**有点迟疑，呼喊声中夹杂着一丝近乎友好的口气。

帮伙成员一

和平年月里我们却在战争中。

帮伙成员二

残忍会再次笼罩在地球上。

帮伙成员三

一定要剥夺这个国家的名誉。它甚至不应该再有自己的名字。它和它的居民必须被贬为纯粹的数字。这里的向日葵从今天起必须改叫雅葱。皇家河流改叫塞克河，也就是干涸之河。菲利普·维加要更名为弗朗兹·苹果树，巴勃罗·维加要叫做默泽斯·梨茎。雨水洼上的小木桥统统都要被炸掉，篱笆板条统统都要被毁掉，中间区域统统都要被熏干并堵塞。本地的棕榈树要被推上战争审判台。乡间的麻雀要被涂上一个猩红色的斑点。

帮伙成员一

你又一次打偏了，三次了。

帮伙成员二

你忘记了为我们辩解的那个东西：形式。

帮伙成员一

我们毕竟也希望拥有一部新的人类法，而且要集体来创立。我们不愿意再充当被误解和被仇视的人。我们在各民族中是多么孤独，几千年来都是如此，而同时又是多么需要关爱，多么充满温情。昨天我还梦见了自己是圣人马丁，并且将自己的铁皮大衣的一部分赠给了挨冻的乞丐。（他熄灭了一盏背景灯）

帮伙成员二

我的童年是在一间木棚屋里度过的，在学校里也曾经让人抄袭过，熟知诗人贡戈拉[1]的所有诗篇，服兵役期间没有害过一场病，在肯尼迪、卢蒙巴[2]和安东尼奥·马丁斯身亡时掉过眼泪，昨天还跟人合唱"我们在河边相遇"，刚才又为了观赏一朵夏日的云彩做出了立正姿势。（他熄灭了另一盏背景灯：那扇大门消失了，栅栏像蜘蛛网一样被风吹走了，那片麦田卷起来了，并且不复存在……）

---

[1] 路易斯·德·贡戈拉·伊·阿尔戈特（Luis de Góngora y Argote，1561—1627），西班牙黄金时代著名诗人。

[2] 帕特里斯·卢蒙巴（Patrice Émery Lumumba，1925—1961），非洲政治家，刚果民主共和国的缔造者之一，遭比利时控制下的军政府绑架并最终遇害。

帮伙成员三

我是吸音器的发明者。（他用一件器具表演起来，在操作器具之前，他的喊声具有立体效应，之后渐渐消去）我是图片射击装置的发明者。（他用一件器具表演起来，彩色图片在舞台上来回移动，它们相继被射落下来）我是自动伐木机的发明者。（他用一件器具在那两棵低矮的桦树身上表演起来）我是单维眼镜的发明者。

[他给自己和同伴们戴上单维眼镜，在观众眼前，舞台上最后剩余的背景空间也收缩成了线和点。

帮伙成员一

这里有如此多的无人居住区。

[他让那只船沉没或者变黑，眼镜摘下又戴上。

帮伙成员二

废弃了，荒芜了，杂草丛生。那几个结构摇摇晃晃。毫无价值的作品。就为一天搭建的，纯粹是摆设而已。

[他准备去掉——眼镜摘下又戴上——这扇农家大门上的装饰物。

帮伙成员三

从这里会产生新的福祉——请原谅，这个词对我们来说禁止使用，否则就要被革出帮门——我纠正自己：从这里会迎来新的追求，第三种风，绳索的断裂，新的启程？

[他把那个大车轮子扭来扭去或者"搞得乱七八糟"——眼镜摘下又戴上。

[**首领**登场。

首领

今天我们必须抓到他。不然的话，从下一场开始，历史就会在没有我们的情况下继续下去。现在或者永远都不行。迄今为止，我们之所以没能阻挡住他，不是来得太晚，就是来得太早。跟创作一首诗、一次拥抱或者一个舞步一样，在对付不共戴天的仇敌时，首先也要抓住正确的时机。这家伙来了，我从指间到脚趾都能感觉得到。在此期间，我们并不是空间排挤者、领域吞噬者、恶霸——而正是他，这个正义和法律的探寻者。没有我们这些冒险家的世界是无法想象的。如果我是毕达哥拉斯同代的人，我会阻止毕达哥拉斯定理的产生，而且永远都不让它问世。要是在乔托那个时代，我就会阻止他那样描绘人的社会，因此也就阻止了描绘在他之后所有可能的人的社会。我恐怕会在弗朗西斯科·彼特拉克离风口山巅还有很远的路上设下埋伏，这样在他之后，也就不会有人以其开拓者的方式说出"我！"了。而歌德也许会被我这个天然的死敌逐出斯特拉斯堡大教堂，几乎不再有什么名分，这样在他之后就不会有人再以成为歌德式的人物自我标榜了。与此同时，我又觉得被这些人物所吸引——只是我不能忍受，我的现在和他们的现在恰好重合了。这就是让我成为亡命之徒的原因。它要遭到毁灭。就是这么想的。可是话说回来，在我这里，它开始其实完全不是这个样子。还在孩提时代，我就想拥抱整个世界。只是每次我都抓得不是时机，不经意间给别人造成了痛苦，久而久之，谁见了我都事先回避。或者我本想兴致勃勃地指向远方的地平线上，却无意中将我旁边的人撞到了一边。没有空间感！大家都这么说我，但我除了想让大家高兴之外再无别的念头，不管是谁，就是要讨他喜欢，讨人喜欢，取悦他人，这是最纯粹的快乐。可在这期间，我在地球上已经很久都看不到我还愿意讨好的人了，一个也没有。这样一来，我很快就踏入了我的另一条人生轨迹，并乐在其中。我成了伟大的吞噬空间者，遮蔽太阳的人，射杀天蓝色的人。（他照样去做）是的，一开始我还怀着最美好的愿望张开嘴——

为了让别人快乐，使他们开心，使他们得到慰藉——但是人们还在我开口说第一句话之前就吓得直往后退，如同面对一张死人嘴巴一样，那么我接下来除了证实自己的形象名副其实之外，还能做什么呢？变得凶残，去报复他人？我或许会成为一个善良的魔鬼，结果却成为一个邪恶的魔鬼，与人为敌，而这使我感到振奋。感到振奋？是的，感到振奋！——我多么帅气啊。我不帅气吗？你们也很帅气。我们这些冒险家都很帅气，比任何一个被告都要帅气得多。

帮伙成员一
他来了。

帮伙成员二
他们来了。

帮伙成员三
他拿着一个直角三角形来了。他翻过温托索山来了。他带着一个年轻美貌的女子来了。两人穿着银鼬皮大衣和马刺靴。他终于来了。他们终于来了。

[罗网等东西向他头顶抛去，这帮人随即撤退。这时，**巴勃罗**和女叙述者登场，穿着夏日的农装，光着脚，舞台上那些东西又恢复了原先的位置和光亮。

巴勃罗

节奏已经在我心中，如此清晰，甚至连那个完全怀有敌意的蒙昧主义者无疑也会明白这部法律。现在我已经恨不得一口气说出什么是公平来。我要创立这部法律，就像一个奇特的乐师创作他的音乐作品一样：在他演奏的每一个节奏里，就已经出现了接下来的节拍，而且是预先确定的。我现在缺少的只有耐心，比如一个白痴的耐心。或许干脆就是一个孩子在这里拍着手，敲打节奏。而我现在最缺少的，是找出适当的距离，以便使法律演讲同时变成一种持续不断的画面展示。没有画面就没有法律。新的法律一定要看和被看。盲目的法律多得是。好吧，现在进入距离，适当的距离。它在哪儿？（他用场上的几件东西比画了一番）太近了：不再与其他东西相连——太远了：虚假的和谐。

女叙述者

那不是距离。那是观察。今天谁还会观察什么呢？教

皇是否会正确地观察什么呢？简单的观察现在却成了再困
难不过的问题。只有你具备观察的能力，你才会让战争变
得不可能。

[**空间排挤帮**悉数走到亮处。

巴勃罗

你们还存在着？

首领

我们会一直存在下去。我们多子多孙。

巴勃罗

欢迎来到这个国度。每当我精疲力竭的时候，你们就
来了，为了给我致命打击，可这样一来，我又一次重新振
作起来了。

首领

你不仅跟我们完全一样，而且更坏。我从小就在观察
你，派出我的密探盯着你。三岁的时候，你在那边的斜坡
上将你表弟的脑袋按进荨麻丛里。七岁时，你说服母亲给

牛奶里掺水，然后再用马车拉着牛奶送往合作社。十二岁那年，你打扑克时骗去了你们那个白痴整整一个月的零花钱，他当时连"三"都不会数。

巴勃罗

继续说吧。别停下来。

首领

在萨拉戈萨附近的埃布罗河里，[1]一个溺水的女人紧紧抓住你，你却用双腿将她踢开。在波士顿的大学操场上，你在投掷标枪时故意击中一个人的眼睛。当印度大使的夫人因为你要割开动脉时，你反而递给她一个剃须刀片，然后一个劲儿地嘲笑她，直到她最终这么做了。

巴勃罗

（继续在寻找着距离，测量，画线，把物体连接起来，越来越夸张地在空中比画着）别停下来啊。说下去吧！痛痛快快地倒出你的仇恨，别遮遮掩掩的！

---

[1] 埃布罗河（Ebro）是伊比利半岛第二长的河流，萨拉戈萨（Zaragoza）是位于该半岛东北部的西班牙城市，埃布罗河流经该城。

首领

你就是想摆脱我们，就跟我们想摆脱你一样，只是你嘴上不明说罢了。无论你做什么美妙和伟大的事情，都是别有用心，就是要把我们从你的路上扫除掉。你的这番用心，第三个浮士德和第四个梭伦先生，在修建堤坝、轰击原子核、设计新游戏的时候甚至是你的主导思想。是什么东西驱使你如此不断地开拓呢，那就是嗜血成性。

[其余三个**帮伙成员**此间悄无声息地站到那些物体和巴勃罗测量的距离及尺度之间，好像别无用心，心不在焉，**帮伙成员三**更是笨手笨脚，几乎有点儿讨人喜爱；最后三人不约而同地蹲在观察对象前，脸上挂着如痴如醉的微笑。

巴勃罗

（继续听任这一切）好热啊。——越来越热了。它会的。——它来了。——它形成了。（对着**首领**）来吧，最后一击，嘴上再加把劲儿！

首领

总而言之，不管你有什么想法，向来都少不了你那永无止境的别有用心，这就叫做死亡。因此，你是我们这里所有人当中最肮脏的一个。因此你是不可救药的。因此死亡就是你唯一的法律。

巴勃罗

（倾听他说话）炎热！——炎热至极！——它出现了。——那个图像。——那些图像。（他跑向**首领**拥抱他）兄弟。我的兄弟！（他开始用一支巨型粉笔在大门上画起来。粉笔折断了。他又重新尝试。粉笔折断。如此等等。一声愤怒的叫喊）卑鄙的世界。邪恶的东西。荒谬的法律。丑恶的美丽。钟情的破烂玩意儿。厄洛斯的渴望。死亡万岁。永远不再要法律。战争，划分地盘。让我们消失。千疮百孔的小船！千疮百孔的大门！千疮百孔的马车！千疮百孔的世界！你们别打扰我了，所有的人！

［他边说边用拳头捶击自己的脑门，将脑袋撞向地面等等，把摆在大门上方的王冠高高地抛出去，就连**女叙述者**也被推开了，被挤到一边去——只有**空间排挤帮成员**安然无恙，他们似乎在为他的神志错乱打起节拍。

女叙述者

（先是劝解和制止，然后转向**那帮人**）你多丑啊。首先是你。（对着**帮伙成员三**）你稍微好一点。（对着**首领**）你多丑啊。我还从来没有看到过一个如此丑陋的人。看到如此丑陋的嘴脸，恐怕连象人也会夺拉下象人耳朵罩在眼上。对于你的丑陋，有必要创造一个全新的词语，一个根除丑陋剂词语。你如此丑陋不堪。你们如此丑陋。丑陋，丑陋，丑陋。由于你们的丑陋，你们会被就地从这个世上抹去。你们的历史结束了。我破译了你们的密码，闯入了你们的程序，现在我要将这一程序删除，连同你们这些丑陋的家伙，三个丑陋的家伙，成千上万丑陋的家伙。（她向舞台上空发出一个信号）熄灭灯光。关闭开关。**拔掉电源。**

帮伙成员一、二和三

（恳求着）姐妹。姐妹！小姐妹！

首领

（同样如此）兄弟。兄弟！小兄弟！

［一道恰到好处的灯光闪烁，然后空间排挤**帮成员**消失了。她扇了巴勃罗几记耳光，用拳头击打他，

才使他又清醒过来。

巴勃罗

你夺去了我的兄弟们，我的接替者。

女叙述者

他们再也不会回来了，如果再回来的话，我每次都要靠着讲述把他们又赶走，而且每次都换个花样。地球上越来越多地挤满了这样的入侵者，不仅来自敌对的邻国，而且还来自陌生的星球。

巴勃罗

我刚才的破坏并非出自愤怒，而是出自我内心的一道裂痕，一种犹如天生的无根无底。我从来就不是一个整体。奇怪的是，这道裂痕从未在与人打交道的过程中爆发过，而始终只是与物体打交道时才会这样。而且没有一次是在面临什么重大、复杂和棘手的问题时爆发，而总是在面对一些琐碎、长久熟悉和易如反掌的事情上才会如此。我的钥匙掉在地上——一个圆规铅芯折断了——我找不到袖头子：这个世界乱了套。我正走在一道楼梯上，眼前浮现的是宇宙的和谐，楼梯上一级不规则的台阶立即撕断了所有的关联。因为这唯一一级不一样的台阶，马上使我陷入混乱不堪的境地，而且有过之而无不及——毁灭，毁灭，再毁灭，也免不了毁灭我自己。我现在要对你说些我还从来没有给任何人说过的话：拉我一把吧。继续拉我一把吧。情况非常紧迫。

女叙述者

在你打算要做的事情里，你不仅仅是你自己。在你打算要做的事情里，你感到如鱼得水。你的本质会保护你。如果这个裂痕还要出现的话，我就会来到这里，完完整整地讲述你。爱情已经到来。我对你非常友好。只有当你离开了自己心爱的人，也就是你的女叙述者时，你才会感到伤心。明白吗？振作起来。事不宜迟。此间我们大家变得多么顽固不化。有时每个人都恨每个人。所有的人都被追逐，也包括那些追逐者。人与人之间形同陌路，但同时又对此毫不惊奇。每个人都自成一派，不计其数。时间紧迫。机不可失。

[阵风。他们正想从后面穿过那扇华丽的大门退去，只见菲利普和那个**女难民**从前面上场，她提着一个衣服箩筐。**女叙述者**和巴勃罗停住脚步，隐蔽在夏

天的阴影里。

菲利普

我完蛋了。

女难民

这样就好。最好就这样。

菲利普

在一场当代的做梦比赛中，名为"生存是一场梦"的奖项落在了一名从蒙特塞拉特岛逃亡出来的僧侣之手。我也做好了再次空手而归的思想准备，因为像我这样，夜里做美梦，白天为之写出一个比赛规则，这就有点不一样。于是我期盼着蒙特塞拉特岛的职业选手们的做梦比赛。此外，我一直以来就害怕所写的东西被别的任何人看到，也许除了你。而且最难堪的是：被一个本地读者看到。小时候，有一次随母亲进山徒步旅行，情不自禁地在山顶茅舍的留言簿上作了一首诗，这事多年后依然死死地纠缠着我，担心有来自当地的人可能会在山上看到我的手迹，连同下面"菲利普·维加"的署名。后来有一天，我已经长大成人了，又一次费力地独自进山去，爬上那座山的最高峰，就为了从留言簿中把那一页撕下来——只是山上的留言簿和茅屋都不复存在了，我当时就觉得心上的一块石头落了地。后来还有一次，当我的第一件也是迄今为止最后一件印刷品，也就是当地一位作坊师傅给他的客户预订的韵体新年祝词，在第二年被换成了洛佩·德·维加的一首短诗，我立刻感到如释重负……其实我只想让我最亲近的人阅读我的作品，或者干脆就让我父亲一个人——只是我从未见过他，今天仍在寻找他，自己很快也要过了年岁——现在只想让你读，我的妻子。

女难民

　　　　早春光辉灿烂，

　　　　它来自那一侧。

　　　　早春的灿烂

　　　　是侧向的灿烂。

　　　　灌木和草丛里

　　　　阵阵吹过的风儿

　　　　增添了早春的灿烂。

　　　　早春的灿烂

　　　　　是吹拂的光泽。

　　　　早春的灿烂闪现在

比如

松叶的侧向舞动中……

我这一辈子，直到来到这里之前，只是逃来逃去，眼睛盯着地面，盯着自己的鞋尖，或者直视前方，或者直视身后，"别望着鸟儿——眼睛直视前方！"我的国王总这么说——但尽管如此，我还是看到了这种侧向的光线。为什么说你完蛋了呢？

菲利普

我无论在哪儿，都处处以失败而告终。我母亲的坟墓被人夷为平地。我外祖父的房子片瓦未留。你不得不当清洁工劳作。这个国家的每一个人此间都有所成就——更不用说我那个几乎与摩西不相上下的表哥了——人民沾沾自喜，就连那个白痴相比其他国家的白痴来也不同凡响，被视为预言家，受到来自日本银座和美国华尔街的求教者的青睐：只有我彻底完蛋了。这样也好。那是真正的"好了"，我瘫倒在地时这样对自己说。

女难民

你的机会会来的。如果它没有来的话，这样更好。你想象一下：你胜利而归。你想象一下：我就站在一位凯旋者的身旁。看看当今天下所有那些首脑，人们只会庆幸自己啥也不是。我压根儿就不希望看到你在劳作。我反而更喜欢看到你来到我身边，注视着我在劳作。我们俩都完蛋了，很久以来。我们是失败的一对儿。这难道不奇妙吗？（她欢呼起来）

菲利普
那么现在呢？

女难民
我们到河边那儿去吧。

菲利普：
那边有河？什么时候有的？

女难民
一直就有。

菲利普
然后呢？

女难民

我把洗好的衣服晾起来。

菲利普

那我呢?

女难民

你坐着就是了。

〔两个人蹦蹦跳跳地退下去。

巴勃罗

（和**女叙述者**一起从阴影里出来）有时候我觉得，他过得比我好。于是我就想立即返回我和我们那毫无意义的飞地时代。无论在哪儿，只要默默无闻，我都感到幸福快乐，比如当年那个秋雨之日，在贝那温特高速公路休息站的厕所里，或者当年那个冬日的上午，和一帮坏孩子在23号大街的色情影院门口。那个时候谁也不理睬我，我却觉得如愿以偿。有几次，我也跟表弟菲利普一样感觉完蛋了，可那却是我迄今为止最美好的时光。不被任何人认可，我却觉得最为真切。今天我成了一个大人物，按照你的意愿，夫人，以后还应变得更伟大。（他踹了那华丽的大门一脚）凌驾于他人之上，为所欲为，发号施令，我觉得自己背叛了那些和我在共同的成长中，在大街上，在操场上形影相伴的人。如果说我之所以为自己所有的亲人、同胞和伙伴感到自豪的话，那就是因为他们所谓的成绩没有一个能够在他们身后流传下来。跟他们一样留下如此少的痕迹，我觉得这好像是自己的义务。看一看那些所谓不朽的作品：它们不仅几乎全都不朽得令人厌烦，而且不朽得可怕，这样的作品不仅有拉德斯基进行曲、威廉·布施的连环画册和《魔山》，而且还有小夜曲、大卫·米开朗基罗、麦克贝斯夫人和雅典或其他地方的神庙。有什么比波列罗舞更令人萎靡不振的东西吗？那个被彻底遗忘的流行歌曲则使我更加精神振奋。一个个吞噬空间永恒的东西。所有这些令人恐惧的被遗忘者。现在歌颂的就是这些被遗忘的人。要是所有这些永恒的东西都沉寂下来，沉于梦幻，被吹得无影无踪，那么这个世界会多么令人欢欣鼓舞啊。当还没有出现那种法老式的长生不老的思想时，人类想必是多么美好啊。而你为什么偏偏迫使我这样一个直到今天在尘世上都没有找到自己位置的人去称王统治他人呢？你为什么相信，一个直到今天都没有找到自己法律的人，却能够提供一种无所不包的法制呢？如果我非要成为什么的话，那就做一个受人尊重的失败者，堪称典范的失败。

女叙述者

这样你也摆脱不了我。再说你演了一出错误的戏。我只是陪在你身边保护你而已。在遇到我之前，或许你也在寻觅一个女子，为了和她一起从这个世上消失，那么在找到我之后，你就会知道，我恐怕跟你想要找的女人正好相反！不，朋友，我不希望有一个内心分裂的丈夫。收起你分腿腾越的动作吧，下面没有深渊。登台吧，履行你的职责。间隔时间已经持续够长了，出现了王位空缺期——我当流浪叙述者的时间也够长了。是的，我想拥有像国王那样的东西。我想成为女王。

巴勃罗

在你面前我感到害怕。

女叙述者

我知道，我很肮脏，也许是最堕落的。但只有通过我才能实现净化。

［交换眼色，一去，一回，一去，一回，就像曾经

有过的那样。同时在场地四周响起各种声响，它们决定了随后的舞台画面：雷声，骚乱声，备战的声音。

巴勃罗

我看不见你。我再也看不见你了。

女叙述者

触摸我吧，这样你就看到我了。

巴勃罗

（拥抱之后）如果你离开我，我就会死去。

女叙述者

再说一遍：时间紧迫。一种无法比拟的愤怒正在威胁地球。难道只有重新发动一场战争才能带来革新吗？

巴勃罗

我要这样做。我要试一试。可是我首先要消失在我那久经考验的短暂睡眠中。连续睡到法律跟前。（他盲目地跑来跑去）我要是能找到自己的位置该多好啊。

女叙述者

（用一副绳索套住了他）在这儿。（她用肘窝夹住他，用拳头捶他，推着他穿过那扇大门，朝着想象的宫殿方向走去）

[灯光熄灭，黑暗中，骚乱声——轰炸机，军事演习，大战前的叫喊声——越来越大。

12

在零零星星的灾难声响中，场景起初仍然在自由的天空之下。但此时此刻，明亮的天空渐渐变暗，而且在整个场景系列画面中越来越暗。一切都来得很快：一只巨鸟（或者海怪？）的影子在这片大地上空游弋，一会儿到这儿，一会儿又到那儿，随即只见一根硕大的羽毛，黑乎乎的，从舞台上空摇摇晃晃地飘下来。在舞台纵深的沟渠里，又有一个伞兵降落下来，随之又有几个**陌生人**向他跑去，他们这一次拿着钢棍，到那儿后，他们连同那些拖在后面的降落伞绳一起消失了。在场地边一个地方下起了雪，而另一边则是电闪雷鸣，同时还有一边雾气升腾。然后，一架架起火燃烧的大型纸飞机从空中坠落。接着是许多短暂可见的金属翅膀的相互撞击：翅膀上挂着的不是**空间排挤帮**吗？一个苹果朝着可谓不可能的方向掉落，自下而上，接着又是一个，战争的号角吹响了。一些**陌生人**稀里糊涂地穿过这片地方，个个都伸开双臂去抓住一个人当依靠，结果是徒劳。**女叙述者**也夹在他们当中瞎跑。几个**陌生人**躺在地上，像大鱼一样快速地滚来滚去，急促地渴望得到水，继而很快又滚开了。各种广播声音，听起来更像是汉语、阿拉伯语或外星人的语言。一串像是一队救护车上闪烁的灯光无声无息地穿过舞台。几个**陌生人**拖着一棵罩在罗网里的、鲜花盛开的树走过去。一个**陌生人**拽着一只被拴住的公羊走过去；接着又是一个人抱着一只被捆绑的兔子；然后又是一个人牵着一根铁链，上面拴着一只猴、一个人和一条狗。飞地旗帜起火燃烧起来，很快就无影无踪了，取而代之的是色彩斑斓的旗帜，在瞬间的风暴中穿过像是浓烟滚滚的阴影飞舞。随之，又是一转眼工夫，一个摩托巡逻队清空了场地，以至于除了那扇国王大门之外，台上只剩下一些残片，构成了一个略微起伏不平的地面，一个崎岖不平的世界——在运走那只船时，可以看见**巴勃罗**，他在船后面或者船舱里躺着睡大觉，而且沉睡不醒。四处传来悲哀的叫声。不一会儿，这崎岖不平的世界此刻张开了那片完美无缺的星空，最后在星空下，在寂静中，有一个小孩异常缓慢地行走着，也许他胳膊下夹着一个皮球，一声不响，只是每挪几步都要深深地叹一口气并放声痛哭，之后又是一阵呻吟。最后还有一束灌木枝从空中落下来，正好掉在全程都安然沉睡的**巴勃罗**跟前。

灯光熄灭。

13

这个国家或者这个崎岖不平的世界在自由广阔的清
晨天空下。在相当空旷的地面上，到处都郁郁葱葱，不
只是那片灌木丛，它此间已经蔓生成为一如既往幸福酣
睡的**巴勃罗**的遮棚——一片童话般的郁郁葱葱，特别是
在那些场地残余物隆起的地方。从四面八方投射来的光
线也同样非常神奇：使得那**些**在灯光中登场的人显得格
外鲜明。难道他们不是那**些**来自五湖四海的陌生人吗？
他们身着节日的盛装穿过那扇大门，仿佛要奔向或走
向那个想象的宫殿，因为从那里弥散出所有绿色中最奇
妙的东西（大门上现在裹着丝带，或者那是些书页？它
们在风中飞舞或者翻来翻去。）而人群中不是也有穿着
他那件红色复活节大衣的**外祖父**或**祖先**的身影，那个没
有任何象征物的**末代国王**，以及穿着公爵夫人长袍的姐
妹俩吗？但是现在清晰可辨的当属**人民**和**白痴**，他们又

穿着昔日飞地的星期天传统服装；他们也从容不迫地走向那扇大门，手里拿着小号和腰鼓，更确切地说，他们是在羞怯地摆弄着它们；**菲利普**和**女难民**扛着书写、摄影、摄像和其他照相器械，轻而易举地超过那两个人。**巴勃罗**此时继续酣睡。

人民

你说吧：首先是什么呢？先是国王，然后是法律？或者他应该首先给我立法，然后我这个人民或许才会宣布他为我的国王？白痴：我需要你的建议，因为我从来还没有拥有过一个国王。

白痴

首先是人口统计。（他数道）一、四、十二、七、六、五、四、三、二、一——我来了，我跳跃。（他突然愣住了）我忘了数我自己。

人民

可是对这里来说，难道国王就是解决问题的办法吗？一个国王，对一个孩子的头脑来说，是这么回事——可是一个国王在这个世界上呢？难道我之所以需要一个国

筹划生命的永恒

王，就是因为我只有一条腿吗？而一个国王，他今天还会有人性吗？以前有什么不同吗？每当我望着所有那些宫殿时——窗户里闪烁着死亡之光，床榻落满灰尘，御座布满蜘蛛网，一如既往。一个虚幻的国王，或许吧。没有创造奇迹的国王，而只有令人吃惊的国王。再说他就在这儿：（他指向**巴勃罗**）一旦被确立为国王，他就会立即和我们一起自杀。人们说建筑艺术是统治者的艺术：但是那个家伙会建造出什么呢？地洞。就在登基时，他就会掉进一个地洞里。告诉我该怎么办，白痴。

白痴

（翻着大门挂帘或大门上的书页）怎样才能当上国王？对王权的意义——一无所知——啊，在这儿："只有在那些时代终结时，才会有国王重新出现，时代终结的国王。"你希望这样吗，人民，时代终结？

人民

天哪，不！

白痴

那么？

人民

不要国王！除了法律什么也不要。或许连法律也可以不要。最多不过是一日王权——今天！（他们边走边打转）

白痴

我现在告诉你，以我这个无知的先知和无王之卒的身份：怎样做一个国王，这要比国王本身更为重要。我告诉你：那些国王总是在他们睡觉的时间里干最多的事情。你瞧瞧，他睡得多带劲儿。但愿他还会久久地睡下去。我在此正式宣布，要让我的鼓槌掉入一个地洞里。（说到做到）

人民

我让我的小号也这样。（说到做到）

白痴

可是你手里拿的是什么呢？

人民

一顶王冠。刚从后面那儿的犁沟里捡来的。起初我把它当成了一个土豆。你瞧瞧：尖角里长出青苔，一条蚯蚓，一块鸟粪的污迹，一片蜗牛爬过的痕迹。

［白痴从他手里抢过王冠，远远地扔到一条河里。

人民

白痴，你在干吗呢？可以让人知道吗？有一次，我梦见自己在一个王国里，每划着一根火柴，每穿上一双袜子，每喝上一勺汤——我总觉得我们这儿喝汤的动作多么单调无聊——同时都伴随着一场管弦音乐会，伴随着一艘轮船的出海，伴随着一根标枪的投掷。又有一次，我梦见自己当着一位国王的面走动，那不是时代的终结，而是不折不扣的当下，不折不扣的清醒！（他们穿过那扇大门退去，消失在纵深的绿色中）

巴勃罗

（在他的灌木丛下醒来）这正是我所需要的片刻小睡！——现在感到害怕，就像面对一场向全世界转播的音乐会。逃进荒原里，躲藏起来吧！

［他一跃而起，**女叙述者**随即又凑到他跟前，穿着富丽堂皇的女叙述者长裙，胳膊上搭着一件给他准备的戏服，几乎像是给小丑穿的，只是颜色显得更深一些。

女叙述者

开始吧，再演练一次。（她边给他穿衣边说）避免完美无缺——保持漏洞百出。只是映射法律，围着它兜圈子。在这个过程中，要让自己与其说热衷于一种理念，倒不如说对什么都无动于衷。比如摩西律法，据说就是在面对面时产生的？那么这种情况现在也会发生吗？什么都没有面对。关键是：面对。在这种情况下，近看和远看必须融为一体：只有近看，远看才会有可能：只有通过近处路边的野草才能看见远方的群山。你记着：你不是什么新闻人物。你并非沐浴在月光中。嘿，太阳照进了他的鞋里！（在她帮他穿鞋的时候，这种情况果真发生了）

巴勃罗

从我，也就是一个狭小的飞地的后裔，一个昔日被奴役的殖民地的后裔身上怎么会产生什么万能的东西呢？

女叙述者

最卑微的民族，是拥有最真实梦想的民族。恰恰是这个飞地出生的人必然是万能的人。《旧约》中的先知巴兰在走到这个民族跟前时，首先是保持远远的距离，远远地立于一旁，说来说去就只有一句话。开始吧，尽可能即兴表演。

巴勃罗

这一刻我在想：法律是需要的。而在下一刻：可话说回来，凡是存在的，毕竟都是合理的——再好是不可能的。而在又下一刻：要求太高了。然后：为什么需要法律呢？为什么不是秘密呢？一再是秘密呢？再说我也不是什么思想家——在许多方面太笨了。

女叙述者

没错，你是个笨家伙。可你却是一个有正义感的思想家。如果涉及到匡扶正义的话，你就会苏醒过来，开始思考。一个隐藏自己愚蠢的人要比一个隐藏自己智慧的人好。情形肯定是这样的。有一次，在一个星期天的下午，我来到塞戈维亚，全城一片死寂，我走过一家屋门紧锁的宠物店的橱窗时，发现里面的一只笼子里挤满了雏鸡，有一只仰面朝天躺在那儿，两条腿蹬来蹬去，试图重新站起身来，每次刚刚勉强站稳一只脚，马上又被百余只同伴撞翻在地，在我站在橱窗前面的几个钟头里，这一幕反复地上演，直到那只小鸡躺在地上两脚抽搐，其他小鸡则从它的肚子上踩踏而过，可在那个星期天，当时还根本不到晚上啊。又有一次，在布劳瑙，一个童年时曾是阿道夫·希特勒邻居的老妇人向我讲述道，那个一岁的孩子，几乎还站立不稳，就已用脚踢人了；那个两岁的孩子，几乎还不会走路，就把同龄人撂倒了；那个三岁的孩子，几乎还不会投掷，就用石块去砸山羊；那个四岁的孩子在当地的太平间里闻来嗅去，就像其他同龄孩子窥探火车头的司炉间一样。人类比以往任何时候都要孤独。几乎再也没有一个人会与别人分享自己的生活，几乎没有一个人能够在临终时自我坦言：这就是我的人生历史。相反，今天每个人总是一再对别人说：别忘记我，而自己则早已把人家忘得一干二净。可话说回来，在爱从世界上消失之前，一定要有法律出台，因为爱在日复一日地在逝去。今天整个世界对我来说就像是一个被强行拖走的、被链条拴在一间棚屋上的没有父母的孩子。一部旨在安抚公众的法律，而再也没有一片大自然能够做到这一点。法律就是无私的实现！一定要尝试一番。试一下吧。

[四周短暂响起器乐声，就像一支管弦乐队在调音一样。

巴勃罗

（在场地废墟上练习平衡，寻求踩脚的地方，准备表演舞蹈）这就是说，要重新找到一种语言，就像修建

筹划生命的永恒

巴别塔前的那种语言——当时法律还与欢乐意义相同。为此，比如说观察麻雀吧。可是它们为什么越来越少呢？也许这正合摩西的心意，在沙漠里度过了四十年之后不踏入迦南圣地，只是从远处的一座山峰遥望它？太阳，你说道。可是那些最深沉和最广博的歌唱，安达卢西亚地区的深沉之歌，密西西比河河畔田野里的布鲁斯舞曲，不恰恰是在午夜时分鸣响的吗？唉，从小我就反感做这样的事情，比如我要清晰地画一个"轮子"，或者在小溪旁垒起一台"水磨"，或者削尖一根"长矛"：我属于那种人，他们起初只是干"任意什么事情"，当然这玩意儿令人感兴趣，而且它最终才获得一个名称，一个从未有过的名称，同样像从未有过那个东西一样。所以，就别再提这个"法律"了——另一方面，对又一个世纪来说，实现地球和平是不可能的，尽管如此，我仍无法放弃这种想法。我相信和平。是的，它是一种信仰。战争之地应该失去它们的声响，温泉关和卡法萨拉姆要塞也不例外。只有和平之地才应该发出声音：欧罗佩萨艺术节，小威尼斯的早春，桑坦德的夜风。有朝一日，有人会穿破层层阻力，实现那冒险的和平，以一棵树的年轮为榜样，在一个星期天晚上那潮湿的沥青路上，把这一块世界抹到所有其他人的脸上。伟大的和平将会持续到那最后的月亮升起。——另一方面，在我内心里，一切都是纯粹的前法律，纯粹的前形式。唯独在我的预感中，有一种秩序在等待着我们这样的人，一种前所未有的秩序，无论在什么地方，也包括在印第安人或者其他原始居民那儿。在这种预感里，我看到自己的祖先不是什么报了仇，而是获得了权利。我怎么预感到这样一种秩序的呢？在它出现的时刻，我不知不觉。就像清澈无味的水一样。或者这样，就像一个人行走在炎炎烈日下，只有到了阴凉地方，远离太阳，他才会开始大汗淋漓。那么我所预感的这种秩序会产生什么效果呢？比如发现那些民族。那些民族尚未被发现。或者：那个不完善的民族。毕竟迄今没有一个地球民族在历史上能够让人看到它的面目，尽管有赫尔德[1]、戈雅[2]和欧克利德斯·达·库尼亚[3]这样的人物。每次首先都必然是战争和悲痛到来，这样一来，各个民族都呈现在这个世界面前。好吧，为

---

[1]　约翰·哥特弗雷德·赫尔德（Johann Gottfried Herder，1744—1803），德国哲学家、路德派神学家、诗人。他认为：只要在自己文化的基础上发展，每个民族对人类的进步都有贡献，他的观点对欧洲民俗学的兴起有重要作用。
[2]　弗朗西斯科·何塞·德·戈雅－卢西恩特斯（Francisco José de Goya y Lucientes，1746—1828），西班牙浪漫主义画派画家。在西班牙被拿破仑军队占领时期，他创作了一批富于激情和逼真表现力的悲剧性作品。
[3]　欧克利德斯·达·库尼亚（Euclides de Cunha，1866—1909），巴西作家、记者，代表作为报告文学《腹地》，反映1896年至1897年巴西共和政府派军镇压内陆小城卡奴杜斯农民战争的悲剧。库尼亚深入内陆，描写了起义农民作为人类的尊严，以及他们的传统、气质和永不屈服的性格。

了各个民族和平相处的图景而努力，为友好的济济一堂而努力，为各个广场上能够窃窃私议和平而努力。——另一方面：为什么这样的东西偏偏要从这里开始呢？对这样一个童话来说，这里的一个个脑袋早就过于狭隘了——这里是新宪法的第一句条文，或者是我们古老的午夜布鲁斯舞曲的第一个句子：时刻要铭记着，你们从前过着被奴役的生活——在任何陌生人面前，你们都要想到自己的陌生！

女叙述者

而我对此的注释是：凡是你们做或者不做的事情，你们都把它想象成叙述。这有可能吗？是的。也就是说是合理的。这没有可能吗？也就是说是不合理的。

巴勃罗

那些新的人权：向往远方的权利，天天如此。审视空间的权利，天天如此。享有夜风拂面的权利，天天如此。一条新的基本禁令：禁止忧虑。这个法律的主导思想是：省去，彻底省去，省去任何信息和宣告。由渴望和审慎构成的法律！

女叙述者

（给了他一记耳光）现在别再白费唇舌了。快记录，快撰写。

巴勃罗

再来一记耳光，求求你了。（如愿以偿）再来一记。（如愿以偿）再来一记。（如愿以偿）我准备好了。别碰我，我现在不可触犯。——再咬一口苹果。（他咬）苦的。这样也好。

女叙述者

最好就这样。

巴勃罗

再喝一滴露水。（他舔）酸的。酸涩的露水。这样也好。

女叙述家

最好就这样。

［他快速离去。

筹划生命的永恒

女叙述者

别跑。走吧。移动。移动吧！——别信那些哈哈大笑的人，特别是那些捧腹大笑的人。他们都是些见风使舵的背叛者，刚刚还在为之哈哈大笑，立刻就极尽诽谤之能事。

〔**巴勃罗**退去时在那起伏不平的场地上大概出了三次洋相——绊了个趔趄，自己缠在小丑戏服里，等等，但每一次洋相之后，他都更加生机勃勃，朝纵深那扇华丽的大门方向走去。

女叙述者

你的孤独就是从这里开始的。不用害怕。（她打了一个响指，那扇大门上应声亮起了一行发光的字：孤独）

〔从舞台最深处，一座建筑慢慢从黑暗里闪现出来，不是宫殿，更像是一间狭小的茅舍，旁边的东西像是一处奶站或者一个干草晒架，此外茅舍不是在山丘上，而是在一片低洼地里。

巴勃罗

（回过头去）害怕？旅行的激动！在死亡之国里，我

被打上了生命之掌。在凛冽的风暴中，我有一双最暖的手。（他仿佛骑着马奔腾而去——又一次洋相——又一次显得生机勃勃）

[**女叙述者**退到一旁当起了观众。后面的茅舍消失了。下面的绿色依然如故。一群**陌生人**在跑动中彼此相遇，一个想绕过另一个，但却跑错了方向，结果他们全都撞在一起。退场。接着又是一群**陌生人**，像是在玩追逐纸条游戏，一个追着一个跑，猛然下来，捡起固定在灌木枝和其他东西上的写有指令的纸条，拐个弯，仔细阅读纸条，然后分别朝着不同的方向追赶，跑的方向都不一样。接着，一开场那些逃难者又返回来，上气不接下气，仿佛他们整个时间都这样兜着圈子逃来逃去，那些宪兵又紧紧地追着。那个怪兽的巨型爪子顷刻间出现在画面上。与此同时，先前那辆马车的模型也开始向下沉降，直到距离地面一英尺的地方，轮辐原地转动着，同样还有那扇农家大门的模型，装扮得比以往任何时候都更具有早春气息，它也悬在接近地面的地方，那只小船的模型也不例外，吊在钢索上摇摇晃晃。从一侧传来孩子的哭喊声，另一侧也有了，

听起来让人揪心。各种响声，像是在拆除市场售货亭，从各个角落里传来西班牙彩票商贩的叫卖声："大奖！"然后场上逐渐安静下来，不过四周亮着灯光。人民和**白痴**穿过那扇**孤独**大门返回来，身后跟着**菲利普**和**女难民**，再就是身着复活节锦缎的**外祖父**和公爵夫人装扮的姐妹俩，但一转眼三个人就消失得无影无踪了。

人民

（指向后面）他未能如愿以偿地创造出永恒的东西来。

白痴

谢天谢地。

人民

我听到更多的是风声，而不是他的声音和他所说的话。

白痴

可话说回来，没有他的声音和他所说的话，我恐怕就不会这样听从风的忠告了。

人民和白痴

（几乎同时说）昨天夜里我做了一个美梦。

白痴

我穿了一件方格衬衫——

人民

——我坐在外面那棵无花果树下。

白痴

或者那是一棵桎树？或者一棵松树？不，那是一棵无花果树。它的汁液把我的手指粘在一起了——

人民

——我去了那条边境小溪边。我站在水里——

白痴

——水直漫到膝盖——

人民

——那条河——

白痴

——是的，那是一条河——

人民

——如此清澈，以至于阳光直照到河底——

白痴

——水在流淌，河底的卵石也跟着滚动——

人民

——漂浮在水面上的柳树叶的影子也随它们一起漂
动——

白痴和人民

（共同）——树叶影子以和卵石滚动一样的速度漂动
着。我简直无法知道，我的梦到底有多美。可是它多美
啊！（停顿）回家的路还很远。（停顿。然后对着**菲利
普**）你把这个法律大概都记下来了吧？

菲利普

（手里拎着一摞纸掂量着，而**女难民**也拿着她的录

像机等做着同样的动作）记下来了，动脑子了，一字不差，延伸了。这些纸张因为写上了字反倒变得更轻了。

［他念起来，而女难民在他身后也越过肩膀在看，不时跟他一起念或者替他念。

菲利普

死刑在全球范围内被废除，因为它不仅没有阻止谋杀或者其他犯罪行为，反而更加助长和激励了谋杀，这是因为，死刑为你，也为我内心追求死亡的本能开辟了道路，意思是：什么可以被判死刑，你就干什么，这样就用不着自己再干什么，便可以摆脱你自己；一个没有废除死刑的国家不再是一个可以居住的国家；充其量还有合众国，一个独一无二的执行空间，直延伸到那些天涯海角的庄稼地里和那纪念碑谷纵深的角落里。（他边翻页边继续念下去）法律和余象：没有余象就没有法律。一部对其对象和问题不产生余象的法律必然要被废除。一个运用法律而缺少这样一种余象的法官就是在破坏这个法律。余象和正义。余象和仁慈。（他边翻页边继续念下去。拖着**空间排挤帮**的腔调）灾祸已经注定，你们逃脱不了它。（突然顿住）不，这是别的什么人的声音，一声插入其间的喊叫。

（继续翻页，拖着**空间排挤帮**的腔调）砖块和石头！砖块和石头！（乱翻一气）春天的第一只蜜蜂掉入山湖中。它的翅膀在阳光下旋转，四处平静的湖面上唯一的运动。剧烈而闪亮的旋转。我想用一根树枝把它引上岸，但是树枝荡起的波浪却将它往湖心越推越远。（他停止翻页，信口说来，几乎是在喊叫）我母亲冻红的双手。外祖父复活节之夜的披风。正在融化的草原溪流。垂死的蛇在十一月的星空下爬行。夏天满月时乡村池塘里蝙蝠的倒影。沙丘坟墓里和冻原石堆下母亲的兄弟被撕烂的尸体。我父亲的一去不返。我父亲的袖珍日历。我父亲除此之外的一无所有。故乡该死的绿色。（他将那些纸扔向不停转动的马车车轮）

女难民

然后在五月的白日里，房门大开着，门槛上有个影子，像是外面一个孩子投进来的，一动不动，持续好久，"进来吧！"我说道，我们俩说道，但是他并没有进来，我们的孩子，直到今天也没进来。该死的梦。该死的希望。该死的世界秩序。（她把她的摄影设备扔进小船里或者别的什么地方）

人民

那个白天的国王待在哪儿呢？

白痴

像通常一样，我们已将他忘记。

人民

我为他担心，只要他又上了一个台阶，每次都一样。难道今天不是他最后一个台阶吗？不牺牲人民就不会成为国王。

白痴

谁会成为牺牲品呢？他自己？我们？我们所有的人一起？我害怕他。

巴勃罗

（登场，由一根长矛打前站，长矛插在那扇大门上或别的地方）在投掷方面我总是最出色的。——是的，人民，你说得没错：满足感越强烈，它就越明显地接近周围的不幸。我只是在悬崖上方盘旋了一圈。我现在要把我们全都炸个粉碎。（他给自己套上一圈装满雷管的轮状皱领，划起了一根火柴。然后他吹灭火焰，脱去皱领，皱领原来是儿童玩耍用的拨浪鼓）快来吧，欢乐！他说道。痛苦来临了。欢乐来临了。（又是向前看，又是向后看，最后盯着地面）有朝一日会有人成功的。许多人都这么说过了？最好这样。阳光下这样一条路多么生机勃勃，没有阳光也一样。世界上再也没有比它更加色彩斑斓的了。每一块石头、每一颗沙粒和每一株根茎都会说话，在那儿彼此交谈，跟我说话。互相配合得多好啊。堂吉诃德从那边走过去，那个来自契诃夫草原的男孩，是你，是我。（转向女叙述者）也许现在该有个孩子了？

［她向他吐出不止一条舌头。

巴勃罗

什么是路，只有在路上或者梦见它的人才会知道。现在多么明亮呀。早春的光明。黄翅蝶的闪亮。马上就会有这么一只黄翅蝶出现，或者，民间叫什么来着？"可爱的精灵"，这将意味着：永久的和平，人类的长生不老。来吧，现身吧，蝴蝶，像风筝一样大。

菲利普

也可能很小。

女难民

脱离你的稿纸或者你的蓓蕾吧。

人民和白痴

（共同）从尘埃上飞起来吧。晃晃悠悠。翩翩飞舞。黄色的母亲之色。（然后几乎所有的人）你没有给出信号前，我原地一动不动。让我们看看你吧。

[长时间的停顿。什么也没有。然后**空间排挤帮**从舞台纵深列队入场，当然并没有被其他人看见，大小像风筝，带着翅膀，不过不是黄色的，而且"摆出姿态"。

女叙述者

（走上前去）我们的故事就此结束了。我事先并不知道这个故事，只是在讲述过程中才明白，或者一知半解。它发生在这样一个时代，在那里，上帝，或者谁，早已把一切该说的话都说完了；在那里，正因为如此，也早已不再有先知出现，或者无论他们叫什么也罢，除非是假冒的；在那里，同样也不再有撰写故事的人了，因为在他们看来也不再有故事可写了；在那里，毕竟还有这样或那样的东西幽灵似的在空中游荡——就像在这里所暗示的那样。当前这个世界不再继续运转，因为太多的东西被封闭了——当前因为有太多的东西是未知的：我来到这里，为了应对这两种情况，用我的叙述驱赶或者呼唤。请你们继续讲述这个故事，或者试一试吧。如果你们找不到人听它的话，那就讲给一个树墩听吧，或者一个被风吹过高原的塑料袋。凡是在这里被当作那个所谓的法律所渲染和影射的东西，漏洞百出，滑稽可笑，实际上在威胁着你们。新的法律不可避免。它将会产生的，广泛传播，独一无二，奠定基础。另一个时代将要来临。另一个时代必然会来临。你们高兴吧。你们担忧吧。天哪，这个法律将具有破坏性，令人可怕，令人窒息。你们真不幸啊，尤其是你们的子孙。安息吧，你们及你们的子孙们。最好是继续那样影射法律，就像在这里发生的一样，以此来延缓恐怖的到来。清楚了？理解了？明白了？染成蓝色了？

〔她注视着**空间排挤帮**。其他人也同样注视着她。

304

女叙述者

一种现象！唉，看来我不应该收这个场。好啊，我没有最后收这个场。尽管如此，或许我依然希望我们大家看到另外一种现象，一种完全不同的现象！

〔**空间排挤帮**待在背景上。一动不动。寂静。

〔灯光熄灭。

（1997 年）

文景

社 科 新 知　文 艺 新 潮

Horizon

形同陌路的时刻

[奥地利]　彼得·汉德克 著

付天海　刘学慧 译

出 品 人：姚映然
责任编辑：陈欢欢
封面设计：高　熹

出　　　品：北京世纪文景文化传播有限责任公司
　　　　　　（北京朝阳区东土城路8号林达大厦A座4A　100013）
出版发行：上海人民出版社
印　　　刷：山东临沂新华印刷物流集团有限责任公司
制　　　版：北京大观世纪文化传媒有限公司

开 本：850mm×1168mm　1/32
印 张：10　字 数：158,000　插 页：2
2016年2月第1版　2019年11月第2次印刷
定 价：49.00元
ISBN：978-7-208-13229-0/I·1428

图书在版编目（CIP）数据

形同陌路的时刻 / （奥）汉德克（Handke,P.）著；
付天海，刘学慧译. —上海：上海人民出版社，2015
ISBN 978-7-208-13229-0

I.① 形… II.① 汉… ②付… ③刘… III.① 剧本-
作品集-奥地利-现代 IV.①I521.35

中国版本图书馆CIP数据核字（2015）第181768号

本书如有印装错误，请致电本社更换　010-52187586

本书出版得到奥地利教育、艺术和文化部所提供之翻译资助

Die Übersetzung wurde gefördert mit Mitteln des Bundesministeriums

für Unterricht, Kunst und Kultur